嘘つき婚なのに、初恋のきまじめ脳外科医に猛愛で囲われました

～妊娠疑惑の初夜で、腹黒策士は恋情を解き放つ～

m a r m a l a d e b u n k o

泉野あおい

マーマレード文庫

嘘つき婚なのに、初恋のきまじめ脳外科医に猛愛で囲われました
～妊娠疑惑の初夜で、腹黒策士は恋情を解き放つ～

嘘つき婚なのに、
初恋のきまじめ脳外科医に猛愛で囲われました

～妊娠疑惑の初夜で、腹黒策士は恋情を解き放つ～

プロローグ

――嘘（うそ）をついてはいけない。

誰もが分かってること。もちろん自分もそうできればいいと思う。

だけど、もし、嘘をつかないと好きな人と一緒にいられないとしたら？

私は好きな人といるために嘘をつくことに決めた。決めたのだから、嘘はつき通そうと思った。

でもあれから何度も考えてる。

この人には嘘をついちゃいけなかったんじゃないかって――。

＊＊＊

「送っていただいてありがとうございました」

彼はいつも私・芦沢遥日（あしざわはるひ）がボロアパートの二階の端にある部屋の鍵を開け、中に入っていくまで必ず見送ってくれた。

玄関に入るなり振り返り、部屋の前に立つ彼に頭を下げる。

顔を上げると、誰が見ても完璧な黒瀬玲志先生がいる。シャープな顔の輪郭、切れ長の目に高い鼻梁、形の良い薄めの唇。鍛えてるわけじゃないのに筋肉質な肉体。身長は百八十センチを超えているので、少し低めの私とでは三十センチ以上も差があって、いつも見上げることしかできない。

顔を合わせるたび、穴が開くほど彼を見つめ続けていたのに、最近はもうまっすぐ玲志先生を見られなくなってしまった。

一番ついてはいけない嘘をついて、彼を騙したままでいるから。

しかし——。

くるりと踵を返して自分の部屋に入ろうとしたところで右手首を掴まれる。驚いて振り返ると、熱っぽい瞳に捉えられた。

さっきまで目も合わせられなかったくせに、一度捉われてしまうともう視線を外せなくなる。

彼は少し困ったように肩をすくめ、スローモーションみたいにそっと私の耳元に唇を寄せた。熱い吐息が耳にかかってビクンッと肩が跳ねる。

「もう『コーヒーでも飲んでいきませんか?』って誘ってくれないんだ?」

「む、無理ですよ」

「なんで？」

耳の奥に響く低いバリトンの声は、どうも私を固まらせる効果があるらしい。

泣きそうになっている私の頬に、もう片方の手がするりと触れた。

「もしかして襲われそうだから警戒してる？」

「玲志先生はそんなことしないです。……ひゃっ！」

骨ばった長い指が私の頬を伝い、そのまま唇の感触を楽しむように撫でる。

「遥日は〝あんなこと〟があったのにまだ俺を信頼してくれてるんだ」

「ご、ごめんなさい」

「なんで謝るの？　謝るのは俺の方なのに」

その言葉すら、嘘をついてる私を追い詰めているように思えてしまう。

やっと彼から視線を外して、まだ掴まれたままの右手首に視線を落とした。

「先生、そろそろ離してください」

「離す気はないけど、とりあえず今は、結婚することに頷いてくれたらこの手だけは離してあげようかな」

顔を上げるとまた熱い視線に捉われる。瞬間、彼が目を細めて笑った。

長年見てきて、彼を全部知った気になっていた。

だけど本当は全然知らなかったんだ。彼のこんな顔も、彼のこんな一面も。

(玲志先生には嘘をついちゃいけなかったのかもしれない……)

不安でしかないのに、私はその日、彼相手に一生嘘をつき通すことを決めた。

一章　諦めたはずのファーストキス×実行の日

黒瀬総合病院は、全国でも名の知れた病院だ。というのも、病院長である黒瀬克己先生自身が他の病院では手に負えない脳外科手術をこなす医師であり、そんな自身の目で全国から選りすぐりの脳外科医を集めているから。

給料ももちろん他とは比べられないくらい高いのだけど、黒瀬克己医師の下で学べるならとスカウトは順調で、〝脳外科手術と言えば黒瀬総合病院〟とまで言われるようになった。そして、ここ数年は病院長の一人息子であり、最年少で脳外科の認定医となった黒瀬玲志先生もここに加わっている。

私はそんな黒瀬総合病院で、脳外科を含む外科系統全体の受付をしている。

玲志先生のことは昔から知っていた。幼馴染、というのは今ではもうおこがましいのだけど、小さな頃ずっと黒瀬総合病院に出入りしてた私はここで出会った彼に憧れていたのだ。そして高校を卒業してすぐここに就職したとき、玲志先生に再会して、ゆっくりと、でも確実に初恋が蘇った。それからずっと好きでいる。

しかし彼の女性の好みは全く分からず、もちろん好きな髪型だって分からない。

色々模索してみたけど、結局今は無難な明るいブラウンの髪を肩の下まで伸ばし、勤務中は一つにまとめている。

今日は四歳の男の子が診察をされたくないと待合室で暴れて、それをお母さんと一緒になだめたところで髪を掴まれ、ぐちゃぐちゃになった。怖いのもよく分かるし、そのこと自体は全然問題ないのだけど、そんなときに限って彼と接触するチャンスが訪れたりするのだ。

私は先ほど脳外科の看護師長である藤堂末夏(とうどうみなつ)さんに渡された書類を大事に握り締め、午前の診察を終えてすぐの玲志先生のもとに向かった。

「玲志先生、よろしいですか？」

「芦沢さん、どうした？」

振り返った玲志先生の顔はお母さまの志野(しの)さんに似てどの角度から見ても整っていて完璧。そしてお父さまで病院長の克己先生と同様、仕事熱心。そして両親よりとびぬけているのが、生真面目さだ。

いつも真面目すぎるくらい真面目に患者さんや病気に向き合っていて、患者さんの質問には真摯に答えている。ほとんど笑わないところが少し寂しいけど、硬派なのも個人的には好きなところ。

蕩(とろ)けた表情を押し殺して、真面目な顔で書類を差し出す。

「これ藤堂師長から預かりました。先生に渡してほしいって」

「ありがとう。でも、どうして芦沢さんが？」

「なにか別件で慌てていたみたいで、ちょうど通りかかった私が頼まれて」

「そうか、急患かな。気になるし見てくる」

「それは大丈夫だと思いますっ」

慌てて彼の腕を掴んでいた。

（思ってた以上に筋肉質な腕！）

あたふたと手を離す。顔が一気に熱くなった。

「芦沢さん？」

「申し訳ありません、なんでもありません。本当に藤堂さんは大丈夫だと思います」

実のところ、藤堂さんは慌ててもいなかった。

私が先ほど渡した書類は、藤堂さんが私の後押しに『これ玲志先生への届け物だから、代わりに持っていって』と言ってくれた書類。

自分で言うのもなんだけど、この手の嘘で彼を騙した回数はもう数えきれないくらいになっていた。

嘘をついちゃいけないとは思うけど、二十二歳の私はずいぶん嘘つきになっている。

（だってそうでもしないと玲志先生との接点が持てないんだもん……）

今だってほら、先生は私の方なんて見ず、スタッフステーションの方を気にしてる。

さっきは藤堂さんに『ついでに念願のファーストキスだ！』なんて言われたけど、どう考えても絶対無理。職場の廊下で突然キスしたら訴えられかねない。

——ファーストキスくらいは玲志先生とできたら一生の思い出になるだろうなぁ。

——それいいじゃない！　私、応援してあげるから任せて！

ポツリと漏らした私の願望に、なぜか藤堂さんが食いつき、そこから脳外科の看護師さんたちに背中を押されるようになった。

そうして、ただ眺めていただけだったはずの彼にこうしてチャンスがあるたびに小さな嘘をついて接点を積み重ねている。

ただ残念ながら、いまだ話すのは業務上の会話のみ。

そんなわけで結局今日も、書類を受け取ってくれた先生の綺麗な唇を見上げて、ごくりと唾を呑んだだけで終わった。

すると今日は珍しく、玲志先生が真面目な顔のまま続けた。

「そういえば、今日の夜は芦沢さんも参加する？」

「はい。克己病院長のお誕生日ですし。こういうお祝いの会もずっとなかったですよね。せっかくならみんなで盛大にお祝いしたいです！」

「もう祝うような年でもないんだろうけど、こうしてみんなが集まってくれると父も喜ぶ。特に芦沢さんが来てくれるとね」

「玲志先生の誕生日のときもしましょうよ！　誕生日、十月十日ですよね」

「そうだけど……そんなのよく覚えてるな。人の顔と名前だけでも大変なのに誕生日までなんて」

言われてハッとした。

（まずい、誕生日も覚えてるとかストーカーみたい。気持ち悪がられる！）

私はもともと人の顔と名前の覚えがいい。ただ、誕生日までしっかり頭に入っている相手は玲志先生だけ。

「えーっと、先生の誕生日は覚えやすかったので。すみません」

「謝る必要なんてないだろ。ただ、俺はいらないな。パーティーみたいなものは得意ではないから」

「そう、ですか。なら——」

「ん？」

「いえ、なんでもありません」

なら玲志先生の誕生日は二人で過ごしませんか？　と誘えればどんなにいいだろう。

脳内ではこれまでのみんなのアドバイスのおかげで誘う言葉がたくさん並ぶのだけど、実際に言えた実績はほとんどない。

言えた数回の実績すら断られている。

（こんな完璧な先生が、私なんかに見向きもしないのは当たり前だよね）

男友達を誘うように気軽に言えばいい、とアドバイスをもらったこともあるけれど、私には男友達はいない。二十二歳にもなって、男性と付き合った経験もない。

高校時代に告白されたときには男性と付き合うなんて考えられなくて断ったし、今だって気になるのは玲志先生だけ。

「じゃ、また夜にね」

その声にハッとした瞬間、玲志先生が踵を返して歩いていく。彼の大きな背中が見えなくなるまでずっと見送っていた。

夕方、外科全体の女子更衣室で着替えていると、昼勤務の看護師さんたちがガヤガヤとやってきた。その中でもひときわ身長が高くてかっこいい女性が脳外科の看護師長である藤堂さんだ。

藤堂さんは私を見るなり肩を叩く。

「遥日ちゃん、どうだった？　玲志先生の唇奪った？」

「藤堂さん、それ絶対に無理って分かってて言ってません？」

私が言うと、周りにいた脳外科の看護師さんたちが頷く。

（いや、そんなにみんなも納得しないでも……）

私はもともと藤堂さんの知り合いだった。以前私の母がここで看護師をしていて、母の後輩が藤堂さんだったのだ。

だからか、藤堂さんも私を見るたびに話しかけてくれるし、お昼の時間が合えば食堂で一緒に食べてくれることも多い。呑みにいくことだってある。おかげで、他の脳外科の看護師さんたちと仲良くなるのも早かった。さらに、私の玲志先生への無謀な恋心もすぐにみんなの知るところとなった。

ただ、脳外科の看護師さんたちは付き合いが長いせいで全く私に対して遠慮がない。それが普段は嬉しいのだけど、正直すぎるがゆえに時々心にグサッと刺さる。

なんだか悔しくてつい虚勢を張ってしまった。

「で、でも、今日は腕に触れましたからっ」

「間違って掴んだくらいがせいぜいでしょ」

「なんで分かるんですか！」

「私を誰だと思ってるの？　小さなときからずっと知ってる遥日ちゃんの嘘を見抜けないわけがないでしょ」

「う……」

自分の嘘は結構上手だと思っていたけど、藤堂さんにだけはバレるみたいで諦めた。

藤堂さんはため息をつく。

「やっぱり無理だったかぁ。みんなの予想大当たりね」

以前から私がキスできるか、もしくは誘えるかどうかをみんなして賭けてるらしい。ベットするのは一部の業務だ。

「また私を予想の的にしましたね。賭け事に私を使わないでくださいよ」

「もうなにも賭けてないわよ。だって遥日ちゃんダメすぎて、成功する方に誰も賭けなくなっちゃったんだもん」

「それはそれで悲しいんですけど」

一人くらい私の雄姿に賭けてほしいけど、勝ちをプレゼントしてあげられる自信なんてない。

泣きそうになっている私に、ナースクラブを脱ぎだした藤堂さんが口を開く。

「遥日ちゃん、今日の会参加するんでしょ？　病院長も楽しみにしてるって」

「はい！　私も楽しみです。会場がエンペラーハイアットホテルなんてすごいですよね！」

玲志先生も先ほど言っていたけど、今夜は克己先生のお誕生日会を兼ねた飲み会。会場は普段私なんかが足を踏み入れる機会もない五つ星ホテルの広間だそうだ。

「そもそも全体での飲み会みたいな場も久しぶりですよね」

「そうねぇ……ここ最近はずっとなかったもんね。遥日ちゃんが二十歳になったときには受付と脳外の女性陣でお祝いしたわね」

「あれ、すごく嬉しかったです！　一生の思い出にします」

「大げさねぇ。で、そのあと、うちに泊まっていったわよね」

藤堂さんはフフッと楽しげに微笑（ほほえ）む。泊まった日の出来事を思い出して顔が熱くなる。私はいまだに、あの日呑みすぎたことを反省していた。

私の横で、下着姿のまま胸の谷間の汗を汗拭きシートで拭きながら鳴本千絵（なもとちえ）さんが口を開く。鳴本さんは私と同い年だけど、スタイル抜群で彼氏もきれない。

「そういえば今日は珍しく玲志先生も来るんでしょ。遥日、千載一遇のチャンスじゃない」

「とりあえず少しでも話せたらいいんですけど」

「少しでもなんて言わずにもう一気に唇を奪いなさいよ。キスくらい簡単にできるでしょ」

「いや、身長差三十センチくらいあるんですよ？　どうやって奪うんですか」

「そもそも突然キスなんて考えてちゃ無理よ。前も言ったみたいに、いい雰囲気にもち込みなさい」

ピシャリと鳴本さんは言う。藤堂さんも私の肩を掴んで、私をじっと見つめて言い聞かせた。

「とりあえず、酔ってなくても『酔っちゃったぁ』って言って部屋に送ってもらいなさい。いつもみたいに部屋にはきっと送ってくれるでしょ？　今日はそこで無理にでも入ってもらって、押し倒せばいいの」

「お、押し倒すって」

「身長差があるんだからそれくらいしないと唇は奪えないでしょう」

はっきり言われて、そうか、と納得する。先生を押し倒せば唇は奪い放題だ。ただなにかとマズイように思う。

「いや、でも私、そこまでする気は――」
「そこまでしないと玲志先生とファーストキスなんて無理よ」
鳴本さんにはっきり言われて泣きたくなった。
(思ってたファーストキスのシチュエーションと全然違うんですけど……)
キラキラした景色の中でそっと唇が触れあう。そんな少女漫画みたいなファースト
キスを想像してたんだけど。このままでは犯罪の香り漂うファーストキスになる。
まぁ、相手は〝あの〟玲志先生だから仕方ないのかもしれない。
病院一筋、これまで女性の影を彼に感じた経験はない。それくらいいつも仕事しか
してなくて、本人も恋愛には興味がないようだ。
鳴本さんが思い出したように言う。
「これまでコーヒーを理由に部屋の中に誘ってみても全然ダメだったんでしょ?」
実は私のアパートは駅からは少し遠いものの、病院からは徒歩五分の場所にあって、
なぜか隣に玲志先生の部屋がある。
聞いてみると、家に帰るのが面倒でたまたま私の隣に部屋を借りたらしい。実家も
広くて育ちもいいはずの玲志先生が、私の住むようなボロアパートを借りてるだけで
も驚きだったけど、先生はほとんど病院に詰めているので、徒歩五分の距離ですらな

かなか帰ってはこないし、帰ってきてもすぐに出ていってるみたいだ。

しかし隣だという事情もあって先生とたまたま同じ店で鉢合わせたときは、先生は私を部屋まで送ってくれた。

そこでみんなが『コーヒーでも飲んでいってください、って言って部屋の中に誘ってみればキスくらいできる！』と教えてくれ、満を持して玲志先生を誘ってみたのだ。

しかし――。

「『結構だ』と言われて、私だけ部屋に押し込まれて、扉をガツンと閉められました。三回誘ってみましたが、三回とものすごい勢いで閉められたんです」

アパートはボロいので玄関扉が壊れるかと思ったくらい。

怒らせたのかとビクビクしてしまったけど、玲志先生はそれからも変わらず接してくれる。

それを聞いた鳴本さんは心底楽しそうに笑った。

「それ何度聞いてもウケる！　あたし、男を部屋に誘って断られたことないわぁ」

それは鳴本さんが美人で人当たりもよくモテるから。

鳴本さんが誘ったら、玲志先生が彼女の部屋に入ってしまったらどうしよう。

私が泣きそうになっている横で、鳴本さんは口元に手を当てて続ける。

「でもさぁ、玲志先生って遥日を嫌いってわけじゃなさそうよね。だって嫌ってたらすぐ引っ越すでしょ。それに嫌いな人を、隣だからってわざわざ送らないわよ」

自分では嫌われていないという実感が持てないからこそ、みんなの言葉が支えでもあった。藤堂さんも深く頷く。

「玲志先生、真面目だから病院スタッフに自分から行動できないいんじゃない？　ほら、コンプライアンスとか色々あるでしょ」

「でも明らかに私が誘ってるんですよ。しかも三回も」

それでも部屋にすら入ってくれないって、きっと私が先生の好みとは違うんだろう。

(先生の好みの女性ってどんな人？　綺麗(きれい)系？　可愛(かわい)い系？　まさかセクシー系？)

自分がもし玲志先生の好みのタイプなら、先生はキスしてくれただろうか。

鳴本さんが思い出したようにとんでもないことを言いだす。

「確かに超真面目よね。最初、玲志先生を誘おうとして胸元のボタン多めに外してみたけど、『だらしなく見えるからきちんとしめなさい』って怒られたし」

「な、なにしてるんですか！」

「いや、ごめんごめん、最初だけよ。だって玲志先生、見た目はとんでもなくイケメンだし、仕事もできるしさ。みんな間違いなく一度は狙うでしょ」

「まぁ、確かにみんな一度だけね。ばっさり切られると諦めるけど」

藤堂さんが息を吐く。脳外科では有名なようでみんな同時に頷いた。

（そうか、普通は断られたらちゃんと一度で諦めるんだ……）

私が何度断られても諦められていないのは非常識だったのかもしれない。

私が反省したところで、鳴本さんは苦笑して口を開く。

「それに玲志先生の場合は、あたしが本気で誘っても間違いなく断るわよ。そういうのが分かるからあたしはもう誘わないの」

「鳴本さんでダメならどんな女性もダメですよね」

うなだれた私に、藤堂さんが口を開く。

「一途なのはいいけど、先生もいい年だし、ちゃんと捕まえとかないと新しく来た看護師にでもさくっと奪われるわよ。あれ、確実に玲志先生狙いよ」

「え……」

「花井ちゃんだっけ、内科の。とんでもなく綺麗な子が入ったわよね。それでご両親は省庁の役人で、本人も仕事もできるっていうんだから神様は不公平よね」

花井さんはひときわ目を引く綺麗な看護師さんで私も見た覚えがある。しかもかなりテキパキしてるのに私より二つ上なだけだと聞いて驚いた。

実際に看護師と医師の恋愛結婚は少なくない。鳴本さんは藤堂さんを見て聞いた。

「そういえば病院長夫人の志野さんも看護師だったんですよね」

「そうそう、病院長から熱烈なプロポーズしたのよ。『私は絶対に志野以外を愛することはないから結婚してください！』って夜のスタッフステーションの中心で叫んだの」

「そんなドラマみたいな場面なら見てみたかった」

実際に目撃した看護師は藤堂さん以外いなくなってしまってるけど、今も黒瀬総合病院の語り草になっている。

（すごく素敵なプロポーズ……憧れるなぁ）

そもそも二人が私の憧れの夫婦像でもあったので、その話は何度聞いてもうっとりしてしまう。

志野さんはすごく優しいのに、仕事もテキパキとしている看護師だった。現在活躍しているベテラン看護師の多くは志野さんが育てたのだ。

そんな素敵な女性が克己病院長の妻になったのはよく分かるけど、私が玲志先生の相手としてふさわしいか考えると自分でも首をかしげてしまう。

現実的に考えて、花井さんのような女性が玲志先生には釣り合っているんだろう。

（本当は私も志野さんやママみたいな看護師になりたかったんだけどな……）

考えてきゅ、と唇をかんだ。鳴本さんはさらりと言う。

「遥日も看護師になればよかったのに。向いてると思うけど」

「遥日ちゃんは――」

藤堂さんが言いかけて私は頭をかいて答える。

「情けないことに、私、血を見るのが苦手なんです。といっても最近はある程度は大丈夫なんですけど。看護師さん並みにはやっぱり見てられなくて。毎月、生理も本当に辛いんです」

「誰でも得手不得手はあるものよね。はいはい、そろそろ行かないと間に合わないわよ」

藤堂さんがフォローするように言ってくれて、彼女にぺこりと頭を下げる。

更衣室から出ていくとき、鳴本さんに肩を叩かれた。

「今日はあたしも直接アシストするから任せて！」

続けて何人かの看護師さんに「私も」と背中を叩かれた。とてもありがたいけど、
今のところ、今日成功する想像は全くできてない。

しかも本音では、もうそろそろこの長い片思いに区切りをつけなきゃと思っていた

ところだったのだ。

　会場は都内一等地にあるエンペラーハイアットホテルの五階にある八百平方メートルほどのホールだった。

　これまで誕生日を祝うといっても少し高めなダイニングバーが多くて、はじめてこんなパーティー会場だったので驚いた。サイドには長机で和洋折衷の料理が並べられ、間には丸テーブルがいくつも並んでいる。会場の前方には、一段高くなった檀が設けられていた。

　テレビでしか見た記憶のない雰囲気に、今日の服装で大丈夫だったのか不安になる。これでも、私の持つ服の中で一番大人っぽくて高いワンピースなんだけど。

「こんな大きな会場を押さえたんですね」

「そうねぇ、今回はなにか大事な話でもあるのかしら」

「話？」

　私が首をかしげるなり藤堂さんは微笑んだ。

（藤堂さんはなにか知ってるのかな？）

　考えていたところで、病院長の克己先生と奥さまの志野さんがやってきた。克己先生は黒の紋付き袴（はかま）で、志野さんは艶やかな赤い着物。二人とも凛（りん）とした姿で目を奪われる。

「病院長、本日はおめでとうございます」

私と藤堂さんが揃（そろ）って頭を下げると、克己先生は「ありがとう」と満面の笑みを浮かべた。

この優しい笑顔の人が日本屈指の脳外科医だなんて、私にはどうもピンとこない。

それくらい克己先生は普段よく笑う人だ。特に私の前では気を使ってくれているのか、笑顔が多い気がしていた。

志野さんと藤堂さんは今も仲が良く、二人が話しだすと話はいくらでも続く。楽しそうな二人を尻目に、克己先生が私に言った。

「遥日ちゃんにお祝いを言ってもらえるのは嬉しいな」

「私もお祝いをお伝えできて嬉しいです。あ、あと、これつまらないものなんですがよければ受け取ってください」

持ってきていたプレゼントを渡す。克己先生は細長の四角い包み紙を見た途端破顔して「開けていい？」と嬉しそうな口調で言った。私が頷くとすぐに包装を開ける。

渡すかどうかも悩んだけど、いつも優しくしてくれるし、こんな機会でもないと迷惑になりそうで渡せなかったプレゼント。

中には明るいブルーのネクタイ。自分なりに奮発したし悩みぬいた品だ。

見た瞬間、克己先生が、ボロ、と涙をこぼす。

「えっ……」

慌てて自分のハンカチを取りだして渡した。克己先生はごめんね、と言いながらそれで涙を拭う。

「す、すみません。突然こんなものをお渡しして」

「いや、すごく嬉しいんだ。だから謝らないで。それにちょっと色々と考えちゃって。大人になったんだなぁ、とか、これからもっと大人になるんだなぁとか……」

「え、あの……？」

昔から私を気にしてくれていたのは知ってるけど、思ってもみなかったリアクションにたじろいでしまった。

（どうしちゃったんだろう？　もしかして、私くらいの患者さんが亡くなったとか？　でも今日はそういった患者さんはいなかったような……）

克己先生の異変に、先ほどまで藤堂さんと話していた志野さんがこちらを振り向いた。優しく先生の背を撫でる。

「克己さん。遥日ちゃんのプレゼントに感動しちゃったのねぇ」

「いや、本当にそんなに大したものじゃないんですよっ」

私なりに奮発はしたが、克己先生であれば軽々何百本と買える品だろう。喜んでもらえるのは嬉しいけど、ここまで喜ばれると恐縮する。っていうかはたから見たら、私が克己先生を泣かせたようになってる。なんだかとても気まずい。

「ありがとう。本当はこんなふうに娘にしてもらえるのって、日高だったはずだろう？」

日高、という単語を聞いて胸が軋んだ。

芦沢日高は、私の父の名前だ。父は私が六歳のときに亡くなった。

克己先生とは幼馴染だったらしいけど、私は父がいた頃の記憶はおぼろげだ。寂しくなるのでできるだけ思い出さないようにしてきた。

でも克己先生はいつまでも父をちゃんと覚えていてくれてる。だから先生はいつだってこうして私に優しくしてくれてるのだと思う。

克己先生は涙を拭って口を開いた。

「遥日ちゃんのことはさ、勝手に実の娘みたいに思ってるから」

克己先生は本当に愛娘を見るように目じりを下げて私を見ていた。

でも、私は克己先生に優しくされるたびになんだか申し訳ない気持ちになった。私が唯一ある克己先生との昔の記憶が、父が亡くなったときに先生を責めて泣いた記憶だったから。

——せんせいもきらい！　うそつき！

六歳の私が言ったとき、克己先生の顔がゆがんだのは今も鮮明に覚えている。

きゅ、と唇をかむと頭を下げた。

「ありがとうございます。でも、病院長にはすごく立派な息子さんがいるじゃないですか」

「玲志は不愛想だし、親ですら感情が分からないし。ちょっと、いや、かなり腹黒いしさ。どう見ても可愛くはないだろ？」

「可愛くはないですけど、腹黒くなんてないですし、めちゃくちゃ完璧でかっこいいじゃないですか！」

「あの子の顔は志野に似てるからね」

「玲志先生と志野さん確かに目元とかそっくりですよね。志野さんは美人なのに玲志先生はかっこいいのが不思議」

思わず玲志先生の顔を思い出してうっとりするなり、志野さんは目を細める。

「遥日ちゃんは……もしかしてまだあの子のこと、好きでいてくれてるの？」

言われてドキリと心臓が音を立てた。小さな頃は玲志先生への感情を隠しもしなかったので、克己先生や志野さんも知るところだった。

でも――大人になった今の私は、いくらみんなが応援してくれても、この恋が実らないのも十分承知していた。

「はい。玲志先生はかっこよくてずっと憧れてますが、私が先生みたいな完璧な男性の相手にならないのはちゃんと分かってますからご安心ください」

私の言葉に志野さんは驚いたように目を見開いて首を横に振った。

「違うのよ。玲志と遥日ちゃんがってなれば、日高さんだけでなく里華だってきっと喜ぶわ」

志野さんを見上げると、優しく目を細められた。里華というのは、私の母の名だ。

母は志野さんの後輩の看護師だった。

志野さんにそう言ってもらえるのは嬉しい反面、私には親同士の繋がりがあるだけで、玲志先生本人とは仲良くもないのが寂しかった。

それに玲志先生はまだ仕事が一番大事だろうし、もし結婚するなんて事態になっても相手が私である可能性は限りなくゼロに近い。というか残念ながらゼロだ。

病院の跡取りとして生まれ、ストレートで国内の最難関大学医学部に合格。寝る間もなく病院に向き合い続けて、最年少で脳外科の認定医となった玲志先生に対して、高卒で受付事務員の仕事に滑り込んだ私とは月とすっぽん以上の差がある。しかも私は両親もいないし、家柄なんてないも同然だ。

玲志先生が好きな私を応援してくれる人もいるけど、先生と私には格差がありすぎて、心のどこかで絶対に叶わない恋だとちゃんと分かっていた。年齢を重ね、先生の評判を聞けば聞くほどそう感じた。

だからせめてファーストキスだけは玲志先生とできたら……なんて考えてた。

（これからも他の誰かに恋なんてできないだろうし、せめて思い出だけでも欲しかったけど、思い出作りすら無理そうなんだよね）

とんだ想像をしている私を見て、克己先生は顎に手を当て難しい顔をしていた。

「玲志がいいなら、遥日ちゃんは本当に玲志でいいってことか……？　本当か？　無理してないか？」

（無理って……）

克己先生の言い方では、私が無理して玲志先生を好きだと言っているようだ。

いつも一目で分かるほど克己先生は玲志先生に厳しい。親だから手放しに褒められないのかもしれないけど、玲志先生ほど素敵な男性は他にいない。思わずムッとして口を開いていた。

「仕事熱心でかっこよくてさらに真面目で、文句ない息子さんじゃないですか。っていうか、あんな素敵な人、他にいませんからねっ」

つい熱くなってしまった私を見て、二人は押し黙って私を見つめ、揃って言う。

「本当に好きなんだな」

「本当に好きなのねぇ」

そんなにしみじみ言われると少し恥ずかしい。

長く彼だけを見てきたから、この感情の名前が恋なのか、憧れなのかははっきりしないけど、好きなのは間違いない。

こくんと首を縦に振った私を見て、克己先生は意を決したように口元を引き締めた。

「色々心配だけど、遥日ちゃんがそこまで言ってくれるなら私も認めざるを得ないのか」

なぜか少し寂しそうに笑って、それから会場前にある用意された壇に上がっていった。

（なんだったんだろう？　それに今からなんの話？）

少し不安に思いながらマイクを握った克己先生をじっと見ていた。会場がシンと静まり返る。

「本日は私のために、業務ご多忙の中お集まりいただきありがとうございます。今日、いつもと違ってこちらの会場にしたのは、一つご報告があるからです」

「報告？」

私が首をかしげると、隣にいた志野さんが私の背を撫でる。壇上の克己先生は続けた。

「自身も世襲で黒瀬総合病院の病院長に就任しましたが、次期病院長は世襲以外の選択肢も考えていました。一人息子である玲志が後期研修からうちの病院に来ることが決まったとき、厳しい目で、自分たちの上に立てるような人間であるか見極めてほしいと、他の医師には伝えていました」

思わず会場内に玲志先生の顔を探す。玲志先生はスーツ姿で、克己先生のいる壇の左端の方にいて、真剣な顔で克己先生の話を聞いていた。克己先生は厳しい顔のまま続ける。

「特に私が一番厳しく見ていたと思います。最初に周りの先生方が認めはじめてくれ、私も先日の脳底動脈瘤のオペに一緒に入って玲志の成長に目を瞠（みは）りました」

（あれ？　玲志先生には厳しい克己先生が玲志先生を褒めてる？）

　不思議な感覚だった。私の前では誰よりも玲志先生に厳しかったから。

「来年の四月から、今は空きポストになっている副病院長に彼を就任させようと思います。そしてそのまま彼が後継者としての努力を惜しまないのであれば、次期病院長にも推すつもりでいます。それまでどうかまた皆さんの目で、彼が本当に病院長にふさわしいかどうか見極めていただけないでしょうか。全員が納得する形で彼を病院長に推せればと思っています」

　病院長がはっきりと告げた途端に、会場から拍手が沸き起こる。玲志先生が深いお辞儀をしていた。

（玲志先生ならきっといつか病院長にもなれる）

　今までは手を伸ばせばまだ指先くらいは届くところにいた気がしていた。もしかしてファーストキスなら玲志先生とできるかもって。だけど、やっぱり元から全然違った。

　その大きな拍手を聞きながら、玲志先生がさらに遠くへ行ってしまったような気がしてただ立ちすくんでいた。

　それから少しして、また会場は誕生日の明るい雰囲気を取り戻した。

「え？　遥日ちゃん、泣いてる⁉」

志野さんの声が聞こえ、驚いて頬に触れる。指先に生ぬるい液体が触れた。慌てて頬を拭う。

「あ、すみません。なんだかびっくりしたから、かな」

そうじゃなかった。これまでは優しい人たちに後押しされながら先生にアプローチを続けていた。だけど、玲志先生は当然私なんかの方を向いてくれなくて、私は叶うはずもない自分の恋心にどこかで区切りをつけなきゃいけないと感じていたのだ。

（区切りをつけるなら今なんだ……）

それにきちんと気づいた。そして区切りをつけなきゃいけない現実に、すごく寂しく思ったことにも。

（私、思ってたよりずっと玲志先生を好きだったんだなぁ）

他の人たちが一度の告白ですぐに諦めたというのも、玲志先生の仕事への影響を考えたのかもしれない。私はそこまで考えが及んでなかった。このまま諦めきれずにズルズル意味のないアプローチを続けるのも玲志先生の迷惑になる。

藤堂さんと志野さんの声が隣から聞こえた。

「特に脳外の先生方はみんなキャラが濃いから、きちんと認められる形でおし上げないと、これから先、玲志先生が運営なんてできないと判断したんでしょうね」

「玲志も昔は継ぎたいって考えてなかったと思うのよね。でもこの何年か、玲志が変わった。継ぎたくなってたのよね」

「でしょうね」

藤堂さんは突然私の背中をバシッと叩く。

「遥日ちゃんはなんで落ち込んでるのよ？」

「なんていうか、玲志先生がますます遠くに行っちゃったみたいで寂しくて」

「忙しくなるんだったら内助の功ってやつが必要でしょう。ね、志野さん！」

「そうよぉ。遥日ちゃん、頼むわよ」

「内助の功って……妻ですよね？　それは絶対に私じゃ無理ですよ！」

慌てて手を横に振った。

もともとファーストキスくらいはあわよくばと思っていたけど、完璧な玲志先生の奥さんは、私なんかじゃ務まらない。もっと性格も家柄もしっかりした女性でないと。

そもそも先生が私なんかを選ばない。

自分を卑下してるわけじゃない。立場を客観的に見て、これまでの関わりを考えて、そうなのだ。

会場の真ん中で他の先生や看護師さんたちに囲まれている玲志先生に目をやった。先生は相変わらず笑いもせず、真面目な顔でみんなと話していた。先生の隣には更衣室で話題に出ていた花井さんもいる。

先生は、今は仕事で精一杯だけれど、いつか誰かと恋に落ちたりするんだろう。先生の目は確かだし、きっと素敵な女性と恋に落ちて結婚する——。

（そうなったらやっぱり寂しいな）

そうは思うけど、私にはどうすることもできない。

（結局、私は潔く諦めて先生の足手まといにならないのが一番。病院のためにもそれが一番だ）

考えていると、急に玲志先生がこちらを見た。

視線が絡み、息が詰まりそうになる。勝手にドキドキと心臓が大きな音を立てはじめたとき、先生が私の方に歩いてきた。私の目の前でピタリと足を止める。

「芦沢さん」

「ど、どうされたんですか？」

「いや、藤堂さんたちから芦沢さんがなにか俺に話があるって聞いて。仕事で困ってる？」

ふと先生の後ろ、藤堂さんたちに目をやると、私の方に親指を立ってて『グッドラック！』とか言ってる。

（なんですか、それ！　今、ちゃんと諦めようって考えてたのに！）

慌てて首を横に振って玲志先生を見上げた。

「い、いえ、なんでもないんですっ」

「本当に？」

藤堂さんがすかさずやってきて、「これ、遥日ちゃん。こっちは先生ね」とカクテルグラスを渡してくれる。急な先生の登場に驚いたのもあって、受け取ったグラスを合わせてすぐグイッと一気に呑み干してしまった。

一瞬、クラリと頭が揺れたけど、緊張が少しほぐれて口が開いた。

「それより先生、おめでとうございます」

さっきはすごく寂しかったのに、諦めがついてしまえば言葉はさらりと出た。

単純に黒瀬総合病院が続くのは嬉しい。これからもずっと玲志先生が病院にいる。

結婚しちゃったら寂しくはなるけど、私は先生の顔を時々見ながら、あそこで仕事を続けよう。病院は昔から私の居場所だったし病院にいられるのが私の一番の幸せだ。

（だから今日は先生をちゃんとお祝いして、先生から卒業しないと）

玲志先生は目を細めて微笑んだ。

「ありがとう。まだまだ若手だし、これからも精進しないとみんなに認めてもらうのは難しいと思ってるから」

「それでも玲志先生ならきっと大丈夫ですよ」

「芦沢さんにそう言ってもらえると心強いな」

低い声が耳の奥に響くとボッと顔が熱くなる。

（やっぱりかっこよさは変わらないよね。しかも社交辞令までうまいし）

先生が一度どこかにいなくなってお代わりを持ってきてくれたと思ったら、二人でまた乾杯をする。

先生は呑むペースが速かった。つられるように私も呑んでしまう。

考えてみれば玲志先生がお酒を呑むところは見た覚えがなかった。これまで、私だけが呑んでることはあったけど。

思い返していると先生が真面目な顔で口を開いた。

「芦沢さんも夜に病院でよく見かける気がするけど、残業しすぎてないか？」

「あ、それは残業じゃないんです。えーっと……プライベートで」

「最近は、小児科の門脇（かどわき）さんのところにずっといるらしいな」

「し、知ってたんですか？」

思わず先生を見上げる。先生は困ったように肩をすくめた。

「病院内の出来事は把握しておく必要があるから」

「すみません、門脇蒼くんのお母さんとたまたま仲良くなって。だからプライベートで顔を見にいってるだけです。あの、一応ちゃんと業務時間外です」

「それは門脇さんがシングルマザーだから？」

「違います。私が蒼くんに相手をしてもらってるっていうか、お母さんの真希さんにもよくしてもらって。それだけなんです」

同情で一緒にいるんだと思われたらいやだった。私が一緒にいたいだけなのを誤解してほしくなかった。先生は黙り込む。

「あの、やっぱりまずかったですか？」

病院でスタッフと患者の母親という立場で友人だというのは難しいだろうか。心配になって覗き込むなり、先生は息を吐いた。

「友人付き合いまで口を出せる立場じゃないさ。でも病院内の話だからちゃんと報告して。あと芦沢さんが無理はしないこと。芦沢さんだって昼間働いているんだ」

「はい」

「困ったら必ず俺に相談して」

「はい」

先生はスタッフの一人として心配してくれてるだけなのに、自分を心配してくれてるんだと思うとやっぱりどうしても嬉しくなってしまう。

勝手に頬が緩んだところで、回ってきた会場スタッフから先生がグラスを二つ受け取り、一つを私に渡す。

（ペース速い！）

どうしようと思ったところで先生がグラスを合わせて先に呑む。先生の呑む勢いにおされ、自分も勢いよく喉に流し込んでいた。

「うまいな」

「おいしいですね。先生、普段お酒呑まれてないですよね」

「あぁ、緊急の対応が入ったとき用にな」

「今日は特別ですか？」

「そうだな、今日だけは特別」

少し弾んだ玲志先生の声に、つい微笑んだ。先生はニコニコ笑うことはないけれど、声色が明るいのがよく分かった。

（先生も次期病院長候補に認められて嬉しいんだよね）

　さっき志野さんが言っていたけど、先生はこの病院を大事に思っているから跡を継ぎたいと考えたのだろう。そんな先生とこうして一緒にお祝いできてるのがやけに嬉しく思えた。

（本当に最高の思い出になった……）

　キスなんてできなくても、きっと今日の出来事が何年先も私の心に残るんだろう。おばあちゃんになっても先生と笑って話した今を思い出してるんだと思う。すごく鮮明に想像できる。

　そう考えて笑うと「え？　どうした？」と先生が首をかしげる。

「いえ。今日、先生が酔っぱらったら私が連れて帰ってあげます。いつものお礼です」

「ありがとう」

　連れて帰ってあげるなんて言ったけど、きっと先生はそんなふうにならないんだろう。先生が酔うところなんて全く想像がつかないし、今だって顔色一つ変わってない。

（さすが先生だ。私よりペースが速いのに。こんなところまで完璧なんだなぁ）

　しかし、そう思ってすぐ、先生の足元がおぼつかないことに気づいた。

「玲志先生？」

グラリと先生の巨体が揺れて、私の肩を掴まれる。

「ふぇっ!?」

「……酔ったみたいだ」

「えぇ!?」

——玲志先生は酔っていた。

私が『酔っちゃったぁ』って言う前に、先に言われた。いや、もう言う気はなかったのだけど。

(口では連れて帰ってあげますよ、なんて言ってしまったけど、本当にこうなるなんて予想してなかった！)

慌てて先生の巨体を支え、近くにいた藤堂さんたちに助けを求める。

「先生、酔っちゃったって。ど、どどどどうしましょう！」

「連れて帰ってあげなよ。隣でしょう」

「えぇ！」

(そんな簡単に！　すでにかなり重くて押しつぶされそうなのに！)

しかし先生は奇跡的なバランスで、かろうじて私の支えごときで立ってくれてる。

藤堂さんは続けた。

「だめならホテルの部屋を取ればいいわ。なんのためのホテルの会場よ」

「ホ、ホテルの部屋!?」

先生の部屋以上に入ってはいけない場所に感じるのは私だけだろうか。

戸惑ってるところに克己先生がやって来てくれた。

「じゃあ私が連れて帰るよ、任せて」

「病院長はこっちでもっとお話聞かせてくださぁい」

すかさず藤堂さんたちが克己先生を取り囲む。志野さんも克己先生にカクテルグラスを渡し、こちらを振り向いたと思ったら私に「ほら早く」と手で促した。

(志野さんまでなにやってるんですか!?)

すぐに鳴本さんたちに会場の出口に押される。私は玲志先生とともに廊下に出された。

「ほら、邪魔されないうちに早く行きなさい!」

「え、あ、はい。失礼します」

「「頑張って!」」

みんなの声が綺麗に重なったけど、きっと期待には応えられないと思っていた。

「めちゃくちゃ応援されてたなぁ。もしかして今日は私に賭けられてたの？　まさかね……」

私は酔った先生を肩で支えるようにしてエレベーターホールまで歩いていた。会場は五階。とにかく下りないと。

エレベーターで一階のロビーまで行き、ホテルの入り口まで来たところで、さらに先生の体重がのしかかってきたようで動けなくなった。もう一歩も進めない。

これまで玲志先生は何度か酔っぱらった私をアパートの部屋まで送り届けてくれたことがあって、どれだけ大変だったのだろうと今更自覚して反省する。

（今度はもう送ってもらわないように気を付けよう……）

自分がどれだけ迷惑をかけてきたのかが分かったのはいいけれど、とりあえず今日は玲志先生をなんとかしないといけない。

「家までは無理かも。しかも、あのアパートの階段を上れる気がしないし」

先生の部屋は隣だけど、どうやって連れていけばいいのか分からない。

ただでさえ、さっきからどんどん先生が重くなってきてるように感じる。背負い上げるのも体格差がありすぎて無理だ。

（やっぱり誰かについてきてもらえばよかったかな。一度戻った方がいい？）

でも会場は盛り上がってたし、そこを邪魔するには忍びない。

「となるとホテル、か」

じっと目の前にあるホテルのフロントに目を向けた。

今日は金曜。こんなに有名ホテルなら満室の可能性が高い。聞くだけ聞いてみよう。

それでもしあいていればここに先生だけ泊まってもらおう。これは賭けに近い。

（先生は寝かせてあげたいし、あいてますように）

いったんロビーの椅子に先生を座らせてまっすぐフロントに歩いていく。

「あの、今夜の部屋ってあいてませんか？」

「お名前をお伺いしてもよろしいでしょうか？」

「私、芦沢遥日といいまして……いや、あの、ちがって、あいてたらって」

「芦沢遥日さま、部屋にはすぐ入っていただけます」

「本当ですか！　よろしくお願いします」

タイミングよくあいていてよかった。懐に痛そうなホテルだけど、背に腹はかえられない。

なにより、普段忙しい玲志先生をゆっくり眠らせてあげられる場所が確保できて心からホッとしていた。

用意された部屋はなんと三十二階だった。部屋に入るなり、正面に大きな窓。眼下にはネオンの光るまぶしい風景、だけど見上げると星空だ。

「高い場所ってこんな感じなんだ、知らなかったな」

思わず呟(つぶや)いて、ハッとする。

（そうだ、玲志先生を寝かせてあげないと）

なんとか広いベッドに先生を横たえた。ジャケットを脱がせ、ネクタイだけは引き抜く。なんだかすごく悪いことをしている気分になってきたけど、なんとか遂行した。

そして冷蔵庫の中にある水をベッドサイドに置く。

「先生、お水、飲めます？」

聞いてみたけど、「うーん……」と返事にならない声が聞こえてくる。

いつも真面目でしっかりしてる玲志先生が無防備に酔っぱらう姿を見て、なんだか可愛いな、ときゅーんとしてしまう。

着替えさせる勇気もなく、ベッドのブランケットを先生にかけてすぐに帰ろうかと思った。だけど、せっかくのチャンスだ。ベッドサイドの椅子に座って、眠ってる先生をじっと眺めてみることにした。

（長いまつ毛。やっぱり顔、すごく綺麗だよね。ずっと眺めていられる）

玲志先生が私の方なんて全然見てないのは分かっていた。

でも、いつも仕事に真面目で、患者さんの方ばかり見てる彼が好きだったからそれでよかった。私だって先生と同じくらい黒瀬総合病院の存続を大事に思ってる。私にあった唯一の居場所だったから絶対になくなってほしくない。

だから彼が副病院長になるのはなにより嬉しい。彼ならきっと今と同じ、いや、もっと素敵な病院にしてくれるような気がしてたから。

「最後に、いい思い出ができました」

先生の唇が目に入る。ファーストキスくらい……と一瞬思ったけどやめた。これで諦めがつかなくなったら困る。

ファーストキスはできなかったけど、明日には今まで応援してくれたみんなに『ちゃんと諦めてきました！』と宣言しよう。本当に今日はすごくいい思い出になったし。

「先生は志野さんみたいな素敵な女性と結婚してくださいね。病院にとってそれが一番いいですし。私――ちゃんと諦めましたから」

もう割り切ってる。そう思うのに、涙は次から次に流れた。

本当に今日は私も呑みすぎた。いつの間にか泣き上戸になっていたらしい。

そのせいで顔だけじゃなくて身体(からだ)もなんだか熱い。先生と一緒の部屋にいるからかもしれない。

冷房をつけようかと思ったけど、酔って眠っている先生に風邪をひかせたらいけないし。なんだかんだとグダグダ考えながら、私もいつの間にか眠っていた。

＊＊＊

ふわふわ気持ちいい。あぁ、そうか。昨日玲志先生と楽しく呑んでそれで——。

「芦沢さん」

朝から心地よい低い声に目を開けると、目の前に玲志先生。しかも——。

（なんで私、ベッドの中で玲志先生に縋(すが)って寝てるの！）

「わぁあああ！　ご、ごめんなさいっ！」

ずざっ、と飛びのいて跳ね起きてみれば、自分が下着姿になっていると気づく。

（ま、また酔って服を脱いじゃってる！）

ブランケットをグルグル手繰り寄せ身体に巻き付ける。しかしそれが玲志先生のものを取ってしまったようで、次は玲志先生の裸体が晒される。下着は穿いているみたいだけど、他は脱いでいた。

「ひっ！」

顔が燃えるように熱くなっている私とは裏腹に、先生は真面目な顔でそこにいた。

そして、クシャ、と前髪をかき上げ、突然額をベッドにつけた。

「本当にすまなかった。芦沢さんの気が済むなら殴るなり、警察に届けるなりしてくれ！」

（なんで警察⁉）

慌てて手を横に振る。重かったけどなんとかここまで運べたし。お金のことだろうか。貧乏だけど貯金は欠かさずしてるから、一泊ぐらいなんとか大丈夫だろう。

「なに言ってるんですか⁉　全然問題ないですよ！」

「でも、そういうわけにはいかないだろう」

「いくら高級ホテルでもたかが一泊なので問題ないかと」

「しかし芦沢さんを手籠めにしてしまった」

「手籠め……？」

「俺たち、セックスしたんだろう」

「セッ……!?」

実は、私は暑い中酔って寝てしまうと脱いじゃう癖がある。二十歳になったとき、女性陣で呑み、会のあと藤堂さんの家で同じように脱いでしまったことがあったのだ。

(これは絶対お酒のせい。お酒呑んだから熱くなっちゃったんだ。それでまた脱いじゃっただけ)

しかしそんなはしたない女の代表みたいな話、憧れだった人に言えるはずもなかった。

(とりあえず手籠めにしたわけじゃないってことだけは説明しないと!)

やっと顔を上げてくれた玲志先生の瞳を見つめる。

「先生、これは」

「遥日」

突然下の名で呼ばれてドキッと心臓が跳ねる。

そして泣きそうになった。

なんだか懐かしくて、ずっとそう呼ばれるのを待っていたような気がしたから。

『芦沢さん』って呼ばれるたび、勝手に感じていた距離が一気に縮まった気がする。

急に視界がぼやけてきた。泣いているのだと思った。

「……やっぱりそうだよな。すまない。避妊もしてなさそうだし」

先生はそう言いながら私の頭を撫でる。

勘違いしたままだと分かるのに、その手の温かさに言葉が詰まって出てこない。先生は真剣な目でゆっくり口を開いた。

「遥日、今すぐ俺と結婚してくれ」

先生がなにか私にお願いするのなんてはじめてだよね。私は先生のお願いならなんだって叶えてあげたいと思ってる。

(うん、結婚か。いいよ、結婚ね)

しかし、我に返って目を見開いた。

「結婚!?　無理ですよ。なに言ってるんですか！」

「誰か心に決めた男がいるのか？」

(それはたぶんあなたですが！)

思わず直接ツッコミそうになった。

「いや、あの、でも！」

「俺が嫌いでないならお願いだ。遥日、結婚してくれ」

(だから、なんで結婚なの!?)

結婚一択なのが不思議だけど、ずっと好きだった人からの真剣なプロポーズ。

でも、これは彼が私としちゃったたって思ってるからで……。

（どうしよう。ちゃんとなにもなかったって言わなきゃ）

そう思うのに、どうしてもこの夢みたいな状況を前に真実が伝えられない。

「すまない、遥日」

真剣な顔のまま、するりと頬に手が添えられる。予想外に熱い手に驚いた。

「……え？」

ゆっくりと先生の端整な顔が近づいてくる。

（あれ？　これってもしかして……）

私はまるで魔法にかかったようにそこから動けなくなった。

「絶対に一生大事にするから」

二人の顔の距離は十センチ、五センチ、とどんどん縮まって、すぐに距離はゼロになった。

「んっ……」

唇が重なる。唇に先生の熱が伝わってくる。柔らかくて熱くて、その熱にさらされるなり泣きそうになる。

(ずっとしたかった先生とのキス)

好きな人とするキスってこんな感じなんだ。お腹の底から幸せがあふれるような感覚だ。こんな誤解でもなかったら、先生とキスをすることもなかった。

ポーッとなっている間に、またさらにキスをされた。唇が離れた途端にさらにもう一度。また唇が離れても、鼻をこすり合わせるようにしてまだお互いの顔は近づいたまま。

「遥日、もっとするよ?」

これまで聞いた記憶もないくらい優しい声で先生が私に問う。つい頷いていた。

ふっと笑う気配がして、再度唇が重なる。気づいたら、数えられないくらいに何度もキスをされる。

私もいつの間にか彼の首に腕を回して夢中でキスに応えていた。

二章　夢のようなプロポーズ×ノーは言わせない

次の月曜、出勤した私を待っていたのは藤堂さんはじめ、日勤の看護師さんたちだ。みんなワクワクした表情で私を見てる。

「結局、金曜はどうなったの？」

「めちゃくちゃ気になって仕方なかったんだから！」

「それが——」

なんだか言葉にできないほど現実みがなかった。

先生に勘違いされてプロポーズされ、返事はできないまま。逃げるように自宅に帰った。しかし、いくら時間が経っても先生とのキスの感触は生々しく残っていた。

「あ、遥日の顔が赤い。なによ、気になる！」

鳴本さんの声に慌てて頬を両手で覆い、時間を理由にして更衣室を飛び出した。しかし、出たところに玲志先生が立っていてひっくり返りそうになる。

「おはよう、遥日」

「れ、玲志先生！」

「先生だなんて他人行儀な。名前だけでいいだろ」

それを追いかけてきたみんなが聞いて、悲鳴に似た歓声を上げる。鳴本さんは私の腕を掴んだ。

「なにがどうしてそうなったの!?」

「それは、えーっと……」

言い淀んだ私を見て、玲志先生が目を細める。そして私の耳元に唇を寄せ、思ったより大きなヒソヒソ声で言った。

「大人同士の話だから、あまり人には言わない方がいい。遥日だってあの日のことを知られるのは恥ずかしいだろ？　何回もしちゃったわけだし」

「それは……！」

あの朝はなぜか夢中でキスを交わしていた。何度も、数えきれないほど。いつまでもキスしていたいって思ったのは事実だ。

視線を戻してみれば、みんなが急に口元を押さえてる。しかもみんなの顔は真っ赤だった。

（もしかして今の、聞かれてました!?）

「本当になにもありませんからっ」

慌てて否定した私に鳴本さんは震え声で言う。

「あの遥日が何回も、だなんて！　やるときはやるのね」

「ちょっ、それ本当に忘れてください、今すぐ！」

「今の慌てぶりが真実を物語ってるわ」

「私、もう行きますから！」

「えぇ、もうちょっと詳しく教えなさいよ！」

「ハハッ」

急に男性の愉しげな笑い声が聞こえて、私たちは揃って顔を上げた。

そこには見た覚えのないくらい愉しそうに笑っている玲志先生。

（笑ってる！　どういうこと⁉）

私だけじゃなく、みんな目を丸くして先生を見ていた。いつも彼は真面目な顔をしていて、こんなふうに笑う人じゃないのに。

「玲志先生がいつもと全然違う」

「一晩でこれだけ変えるって……どんなプレイしたの。遥日、すごい」

呆然としながら口々にみんなが言った。

私だって先生の笑顔には目が奪われた。だけど、キスの多さを暴露されたのが恥ずかしすぎて、どんな顔をしていいのか分からなくなり、慌てて受付に逃げようとする。

すぐさま頭を下げて早足で歩く私の背中に、あろうことか玲志先生は明るい声で
「遥日、今夜時間とって。休憩時間だけになっちゃうけど、食事しに行こう」と声をかけ、次いで女性陣の黄色い歓声が聞こえた。

その日は、会う人、会う人にからかわれ続けた。いつの間にか病院内は、すっかり私と先生が付き合いだしたという噂で持ちきりだ。

(先生があんなところであんなこと言うから!)

そうは思うのだけど、そもそも私が脱がなければあんな勘違いはされなかったわけで。先生も責任を感じてプロポーズなんてしなくてよかったわけだ。

結局は自分が悪い、という結論にたどり着いて息を吐く。

(それにしても、食事って……玲志先生と? 二人で、だよね)

まさか勘違いからプロポーズされ、こんな展開になろうとは夢にも思ってなかった。ちゃんと諦めようって決めたところだったのに。

「先生は真面目すぎるのよ」

言ってみたけど、先生と食事に行ける状況を想像して勝手に口角が上がる。

（嬉しい。いやいや、違う。今日こそ金曜の夜はなにもなかったって言わなきゃ！）

そうすればもう先生が私の方を向いてくれることもない。もちろん食事に行こうなんて誘ってくれないし、あのキスだってもうできない。

——さっき見たあの笑顔だってもう見れないんだ。

たった一日で、そして一つの誤解ですべてが変わってしまった。信じられないくらい、すべてが。

いつの間にか自分の唇に指を這わせていた。

（先生とのキス、気持ちよかった。もっとしたいって思った。このまま先生の言う通り結婚しちゃったら、キスだってもっとできるんだよね?）

とんでもなく腹黒い想像をしてしまって、慌てて頭を振って想像をかき消した。

先生が連れていってくれたのは、病院からほど近い小料理屋だった。座敷にテーブルが二つと、L字型のカウンターに八席だけ。

落ち着いた店内はいつも玲志先生が現れるダイニングバーと雰囲気が全く違った。

どちらかというとこちらの店の方が玲志先生っぽいと思うのはなぜだろう。

「今日は『ロッソ』じゃないんですね?」

「あぁ、あのダイニングバー？　そうだな。あそこは、まぁ、時々」

先生は歯切れ悪く言う。私は先生とあそこで会ってから、いれば先生に会えるかもしれないってよくいくようになった。

先生は時々そこで食事だけしていて、藤堂さんと呑んでる私を送ってくれるようになった。

忙しい玲志先生になにをさせてるのだと思われるかもしれないけど、何か月かに一度、そうして二人きりになれる時間は私にとってすごく大事な時間だった。

しかし、先生は私を送り届けたあと、また病院に戻っていたから罪悪感はもちろんあったのだけど。

「今日はこっちに連れてきたかったんだ」

先生は優しい顔で言う。

小料理屋の女将(おかみ)さんは洗練された美しい人で腰が引けてしまう。

二十歳を越えてダイニングバーにはいけるようになったけど、これまで外食らしい外食もした記憶はなかったし、まして、こんな敷居の高そうな店なんてはじめてだ。

先生は目を細めると、私をカウンター席に座らせる。そして自分も隣に座った。

「お酒はどうする？」

「先生また戻るんですよね。私も呑みません」

「うーん、ここはおいしい日本酒が多いから呑んでみてほしかったんだけどな」

「日本酒は呑んだことがないです」

私が言うなり先生は微笑む。

「そうだと思った。せっかくだから一杯呑んでみなよ。遥日の初体験なら一緒に見ていたいなと思って。ここからアパートも近いし、送ってあげるから」

悩む私に先生は、ね、と再度後押しした。結局言われるままに日本酒を頼んだ。

女将さんがおすすめと言いながら持ってきてくれた日本酒は、あっさりした呑み口ですっきり喉に通る。

「おいしいです！」

大きな声を出してしまい、慌てて頭を下げる。女将さんも優しく目を細めた。

「いいのよ。気に入っていただけてよかったわ」

少ししてレンコン饅頭(まんじゅう)と野菜の炊き合わせが出される。添えられた緑のふきとオレンジの人参が色鮮やかな一品だ。一口頬張ると優しい甘さの餡(あん)が口の中に広がった。

「料理もすごくおいしい！　どうしよう。お箸が止まらないっ」

と言いつつ、また一口頬張る。一口が大きいせいかすぐに平らげてしまった。

先生は愉しそうに白い歯を見せて微笑んだ。

「よかった。遥日も気に入ると思ったから連れてきたかったんだ」

そう言われて心が浮上する。先生が私を連れてきたいと思ってくれたなんて嬉しい。

さらに女将さんは微笑んで口を開く。

「それだけおいしそうに食べていただけると、こちらもお出しし甲斐があるわ。これも食べてみて。牡蠣の燻製なの」

「わぁ、牡蠣大好きです！」

大ぶりの牡蠣が、葉っぱをかたどった焼き物のお皿に三粒、上品にのせられていた。

ドキドキしながら一粒口に入れる。牡蠣の燻製なんてはじめて食べたけど、濃厚でうまみがぎゅっと一粒に詰まってる感じがする。思わず頬が緩んでしまった。

先生にももう一つどうぞとすすめられ口に入れたところで、女将さんは目じりを下げて話し出した。

「それにしても、はじめてですね。先生が女の子連れてくるの」

「あぁ、そうでしたね」

先生は当たり前のように頷いて、自分も牡蠣の燻製を口に含んだ。

(はじめて!? どうしよう、口元がニヤけて仕方ない)

ニヤけた口元はおいしさのせいにしたけど、結局それから出てきた料理もすべておいしくて口に入れるたびニヤけ続けた。

店から出たときには、ほろ酔い状態で明るい気分のせいか、足元も弾んでいた。

「先生、私、ここで大丈夫です。失礼します。本当にごちそうさまでした」

病院とアパートの間の分かれ道。笑顔で先生に頭を下げる。顔を上げると先生と視線が絡んだ。

そこでふと大事な話を思い出した。

（そうだ。楽しくてすっかり忘れてたけど金曜の夜の話をしなきゃ）

これまで先生には小さな嘘を重ねて近づいてきた。

でも、まさかこんな大きな嘘をつき通すわけにはいかない。先生だって、責任感なんかじゃなくて本当に好きになれた人と結婚した方がいいし。病院だって……。

意を決して、自分の両手をぎゅっと握って先生を見上げる。

「あの、先生、金曜のことなんですけど――」

言いかけて突然、先生は私の手首を掴んで引き寄せた。驚いて見上げたときには、顎に手を添えられていた。

（キスだ！）

言わなきゃいけない事実なんてすっかり忘れて、期待に胸が躍りはじめる。唇の距離はゆっくり縮まった。避けることも拒否することもなく、目を瞑（つむ）ってその場で固まる。

しかし、唇が触れる直前、ぴたりと先生の動きが止まった。目をゆっくり開けると、先生は真面目な顔で言う。

「……だめだよな。ここ、外だし」

さらに先生はあっさり私から離れてしまったのだ。

（ですよね。外でキスはだめですもんね！）

そうは思うのに、外だからできないとあっさり離されて、やけに消化不良に感じてしまう。もう頭の中はキスでいっぱいだ。

（真面目な先生だもん。こんなに人から見えるところでキスなんてするはずない。ないんだけど……）

ただ、期待に膨らんだ胸は落としどころを掴めないまま、納得した気持ちにキスできない寂しさがマーブル模様みたいに混じってく。気づいたら先生の腕を強く掴んでいた。

先生は「ん？」と首をかしげる。

「そういえばさっきなにか言いかけたよな。金曜日のこと？　なんだった？」

言われてぐっと言葉に詰まる。今、あの夜の話を伝えれば、こんな中途半端な状態で、玲志先生との個人的な関係は終わる。

（それは嫌だ）

すぐに「なんでもないです」と首を横に振った。

（あぁ、また嘘ばかり。ごめんなさい、先生。でも私――）

先生を見上げ、意を決して口を開く。

「あの……」

「キス」

「キス？」

先生の指が愉しそうに唇を撫でる。熱い指先で撫でられると背中からぞくぞくしてくる。しかし、キスはしてくれないままだ。

彼を見ても、分かっているのかいないのか、私の唇をゆっくり撫でているだけ。

ついには我慢できず自分から言ってしまった。

「今日はキス、してくれないんですか？」

彼の目じりの皺が深くなる。瞬間、路地裏に連れ込まれる。背中が建物の壁について、顎から引き寄せられ唇が重なった。

「ぅんっ！」

目のくらむようなキスだ。それから、何度か角度を変えてキスをする。合間、吐息が漏れる。その吐息すら奪うようにキスは続く。

（やっぱり先生とのキスは好き。ずっとしてたい。このまま金曜の事実は話さずに、ずっと）

いつの間にか私の手は先生の背中を掴んでいた。彼の微笑む気配がしてキスは続行される。まるで食べられるようなキスを何度も何度も繰り返される。うまく息も吸えず、頭がくらくらした。

何分していたのか分からなくなったとき、そっと唇が離れる。離れた瞬間、寂しくなる。つい彼の唇を追いかけてしまう。先生は嬉しそうに私の唇を受け入れ、また何度もキスをする。

（先生はどうして受け入れてくれるんだろう。やっぱり罪悪感から？）

だとしてもやめられなかった。罪悪感に付け込んで、卑怯だと分かっているのに。

やっと自分から唇を離すと、先生は優しく私の頭を撫でる。

「外なのに悪い子だな」

「すみません」

謝れば困ったように笑われた。そんな笑顔にも心が掴まれる。

「部屋まで送る」

「今日はそんなに酔ってないですし。すぐそこだから大丈夫です」

思わず先生の申し出を断っていた。これもはじめての経験だった。なんだか私は本格的に引き返せなくなるのが怖かったんだ。

しかし先生も引かなかった。

「まだ呼び出しもないし、遥日一人じゃ心配だから」

「子どもじゃないんだから大丈夫ですよ」

「子どもじゃないから心配なんだ」

言われて先生の表情がいつもの真面目なものに戻っていると気づく。

(先生は前みたいに真面目に心配してくれてるだけ、だよね?)

「分かりました」

頷いて歩きだそうとすると手を取られた。驚いて見上げてみれば先生が微笑んでいた。手がするりと指の間に這わされて、指を絡めるように手を繋がれる。

どうしていいのか分からないでいると、キュ、と手を掴まれた。心臓の音がドクドクと激しく鳴り響く。息もできないほど胸が苦しくなる。

いつこの大きな嘘がバレてしまうのか不安もあるけど、やっぱりずっとこうしていたいと思って、先生の手を強く握り返した。

・

それから二週間、時々食事をして、部屋まで送ってもらって、先生はすぐに仕事に戻っているようだった。

先生は時々キスして、時々はしてくれなくて。私は前よりどんどん彼に嵌まっているのを実感していた。

そして関係が近づけば近づくほど、あの夜の事実を言いださなきゃならないと焦るのに言いだせなくなっていった。

さらに、今日の昼休み、別の科の男性医師に話しかけられた。病院に入った日が同じなので、診療科や年齢が違ってもよく話しかけてきてくれる先生だ。

「芦沢さん、玲志先生と付き合ってるって本当？」

言われて固まってしまった。

でも、『付き合ってる』という言葉は、私と玲志先生の関係を示す言葉じゃないと思って「付き合ってません」と首を横に振った。目の前の先生はホッとしたように息を吐いたと思ったら、なにかに気づいて驚いた様子で青ざめて去っていく。

後ろになにかあるのかな、と思って振り向けば玲志先生がいた。

「も、もしかして今の聞いてました？」

「いや、聞いていないよ」

玲志先生がそう言ってくれてホッとした。

（病院内に玲志先生との噂が広がってきてるのもよくないよね……）

ついた嘘も、広がる噂も、どっちもよくないって分かってる。

先生は落ち着いた声で続けた。

「今日、七時に待ち合わせでいい？」

「はい」

今日も夜に会う約束をしている。私が頷くと先生も頷いてその場を去っていった。

（今夜こそ本当のことを言わなくちゃ）

「送っていただいてありがとうございました」

しかし結局、今日も言いだせなかった。

言いだせなくなったのは、今日も食事のあとにキスしたから。いつもより激しいキスを最初からされて驚いたけど、最終的には自分からせがんで何度もしてしまった。

頭ではだめだと分かっているのにまだキスをできる立場でいたかった。

くるりと踵を返して自分の部屋に入ろうとしたところで右手首が掴まれた。驚いて振り返ると、彼の熱っぽい瞳に捉えられる。そうなるともう視線を逸らせなかった。

彼は少し困ったように肩をすくめ、そっと私の耳元に唇を寄せた。

「もう『コーヒーでも飲んでいきませんか？』って誘ってくれないんだ？」

「む、無理ですよ」

追いつめられた私が「離してください」とお願いすると、彼は言う。

「離す気はないけど、とりあえず今は、結婚することに頷いてくれたらこの手だけは離してあげようかな」

彼が微笑む。こういうときの彼はいつもよりよく笑って、口調も優しい。なのに内容はあまり優しくなくて、たぶん、イエスと言うまではこれを続けるつもりなんだろうと、なんとなく分かってしまう。

今まで彼を知った気でいた。だけど本当は全然知らなかったんだ。ただ、真面目なだけの人だと思っていたから。

（先生には嘘をついちゃいけなかったのかもしれない……）

考えて泣きたくなった途端、こつんと額をくっつけられた。

「遥日は俺との結婚は考えられない？」

「私、さすがに結婚までは……」

断ろうとしたとき、先生の唇に続きの言葉が奪われる。

「んっ！」

またキスに絆（ほだ）される。分かってる、だめだってことくらい。

でも、やめられなかった。一瞬の躊躇（ちゅうちょ）も許さないように、さらに唇が深く重なる。

いつの間にか先生の背中に手を回していて、先生も私の後頭部に手を這わせていた。

お互いいつまでもやめられなくて。何度も何度もキスを続けていた。

そっと唇が離れる。離れた事実が寂しくて見上げると、先生は優しく微笑み、大事そうに言葉を紡いだ。

「頷いてくれ遥日。俺は絶対に遥日以外を愛することはないから。だから、俺と結婚してください」

「あっ……」

病院長が志野さんに言った言葉にそっくり。

私はその言葉に憧れて、二人みたいな夫婦になりたかった。先生に言われて分かったのは、私は本心では、自分だって結婚相手が玲志先生なら最高だって思ってたこと。

（私、自分の心にまで嘘ついていたんだ）

ファーストキスだけでもなんて言ってたけど、違った。私は本当に欲深くて汚い人間だ。

気づいたらボロボロ泣いていた。

「ごめんなさい。先生、本当にごめんなさい。私……」

「俺のこと、嫌いか？　それだけ答えて」

「嫌い……なわけない」

それは嘘でも言えなかった。

「なら一緒にいよう」

騙されて背負った責任感のせいで、自分の手の届くところに彼がいる。

もう届かないと思っていた人が……。憧れてたプロポーズの言葉まで言ってくれて。

「先生は私のこと、全部知らないです。私が大ウソつきだったらどうするんですか？」

「じゃあ、俺も一緒に大ウソつきになるよ」

先生が真面目くさった顔で言う。

「だめですよ、そんなの。先生には似合わない」

首を横に振った私に先生は真摯にまっすぐ向かい合う。

「遥日が少しでも俺を好きでいてくれているなら頷いてほしいんだ。もっと信頼して、好きになってもらえるように努力するから」

少しでもどころじゃない。もうものすごく好きなのだ。キスする前よりもっと。

彼はなおも真面目な顔で続ける。

「もしも妊娠していた場合を考えても早いに越したことはない」

「そっ、それは大丈夫だと思います」

そこまで真面目に考えてくれていたんだ。でも、なにもしてないのに妊娠していたら、そっちこそ驚きだ。

先生は困ったように肩をすくめながら苦笑して、私の両腕を優しく撫でる。

「大丈夫かどうかなんて分からないだろ？　それに、俺は遥日との子どもができたら嬉しいと思ってるけどな」

こんなに真剣に子どもができてる可能性まで考えてるなんて、やっぱり彼は私の嘘には気づいていないようだ。

（どうしよう……）

まだ迷っていると、彼はさっきまで撫でていた私の両腕を、突然掴んで呟く。

「それに、付き合ってないなんて、気のありそうな男に言われる関係は限界なんだ」

「え……？」

顔を上げるなり、端整で男らしい顔がぐっと近づいてくる。心臓がバクバクと音を立てた。彼の瞳は燃えるように熱い。

そして――。

「遥日、もう早く観念して俺と結婚しろ」

低くて力強い言葉。いつもと全然違う先生に、きゅ、と息が詰まる。

怖くもあるのに視線は逸らせず、目頭まで熱くなる。

――こんなの、私に断れるはずがない。

「……よろしくお願いします」

私が頭を下げた瞬間、ぎゅう、と力強く抱きしめられた。苦しくて顔を上げると、優しく微笑んだ先生。

（あ、いつもの先生だ……）

ホッとした途端、唇が重なった。

最初は確かめるようなキスだったのに、すぐに激しいキスに変わる。何度も何度も角度を変えて落ちてくるキスを、一つも残さず受け入れた。

三章　甘くて真面目すぎる夫×触れたくて堪らない

式は落ち着いたらという話になり、すぐに入籍を済ませて一緒に住むことになった。

克己先生と志野さんに報告に行ったら、二人ともすごく喜んでくれてホッとした。克己先生に至っては涙まで流して喜んでくれて、これまでどれだけ心配をかけてきてしまったんだろうと思った。

玲志先生は病院に近い低層マンションを購入して、そこを新居にしようと言ってくれた。

こんな幸せな生活にはいつか終わりが来る可能性があると悩む私を置いて、玲志先生はどんどん手続きや話を進めていった。それに加えて、玲志先生と私の結婚はすぐに病院中に発表された。

すでに付き合ってるという噂はしっかり流れていたので、みんなは思った以上に結婚が早かったと言いながらも、相手が生真面目な玲志先生なので納得したみたいだ。

さんざん看護師やスタッフのみんなにも「おめでとう」と言われ、それから泣かれた。それを見て、これまでの自分がやっぱり黒瀬総合病院のみんなに支えられていたのだろうと再確認した。
私は幼少期から中学に入る頃まで、母が勤めていたこの病院にばかり入り浸ってい
た。父は亡くなるまでは入院していたし、父が亡くなってからは病院が学童もはじめ
たのでさらに入り浸っていたように思う。中学生になってからは母も亡くなり、その
後は地元を離れてしまったけど、戻ってきたときは嬉しさが上乗せされた。
そんな場所で、みんなに祝福されて、将来の病院を背負う大好きな人と結婚できる
のは、私にはなににも代えがたいほどの幸せだった。
たぶん、これで一生分の幸せを使いつくしてしまったんじゃないかと思うくらい。
ただ、先生を騙したままでいる事実はすごく後ろめたい。それならすべて暴露して
しまえと思うのだけど、彼に嘘をついたままでいれば彼といられる状況で、言えるは
ずもなかった。
だから決意したのだ。
――なんとしてもこの嘘をつき通す。
嘘をついても彼といたい。一緒にいて、話して、キスをして、そして笑いかけても
らうたび、その気持ちはもっと深まっていった。もう気持ちが引き返せないところま
で来ていた。

ほとんどの荷解きが終わり、引っ越し業者が去っていった新居のリビングで、玲志先生は私の頭を撫でた。

「やっと一緒に暮らせるな」

頭を撫でていた手がするりと頬を撫で、唇に触れる。

(キスだ)

いつも先生は私の意思を確認するように唇に触れる。私がキスしたいというようにそっと目を瞑ると唇が重なった。

「ん……」

(好きな人とするキスってなんでこんなに気持ちいいんだろう。ずっとしていたい。離れたくない)

無意識に彼の背中を掴んでしまったとき、ひょい、と軽く抱き上げられる。驚いて見上げる私を見て、彼は笑みをこぼした。

そのままスタスタと寝室に私を運び、キングサイズのベッドにそっと横たえる。ベッドのスプリングが背中で音を立てて、先生が目の前に来たと思ったら、もう一度唇が重なる。ちゅ、ちゅ、と軽いキスが繰り返された。

何度かキスを交わしたあと、彼の手がトップスの下から中にそっと入り込み、素肌に触れる。

はじめて人に触れられる不安もあるけど、それが先生の手だと思うと安心できて、ゆっくり目を瞑る。先生が笑った気配がしてトップスを少し持ち上げ、見えたお腹やわき腹にキスを落としていく。少しくすぐったくて身体が跳ねる。

浮いた背中に大きな手が入り込んで、ブラのホックを外してしまう。当たり前のように手が胸に動いたとき、急に怖くなって慌てて大きな手を止めていた。

「玲志先生っ」

「玲志だけでいいって。先生はずっと先生だったから」

「すみません。先生はずっと先生だったから」

「昔は『玲志くん』って呼んでくれてたろ？」

「そうですけど。そ、それより、この手」

彼はひょい、と私が止めていた手を掴み返し、私の手を自分の頬に持ってくる。視線で追うと端整な顔を間近で凝視してしまった。格好よすぎて力が抜ける。

「どうした？」

「さっき引っ越しが終わったばっかりですよ？」

「もう我慢できない。だめか？」

手の甲にキスをされ、ボッと頬が焼けるように熱くなる。

怖いのに力が入らない。なんとか身をよじったけど、その隙にキスされ、手はわき腹を撫でる。間にキスは耳朶にも首筋にも落ちた。心臓がおかしなくらい轟音を立てていた。

（どうしよう、まさか我慢できないって言われるなんて想定外すぎる。深い考えなしにこんなところまで来てしまった！）

玲志先生とキスは何度もしたけど、彼はこれまでもキスの先は求めてこなかった。いつもキスする場所ですら真面目に考えている玲志先生だったので、きっとこういうのもゆっくり進んでくれるものと勝手に勘違いしていたのだ。

あの日だって、本当になにかしたわけでもないし。つまり私にはまだ経験はない。

そこでふと思考が止まる。

ただでさえはじめてで不安なのに、したらはじめてだってバレる可能性が高い。

（この状況はまずい。絶対にまずい。このままじゃ嘘なんてつき通せない！）

もう一度キスしようと顔を近づけてきた先生の唇を、慌てて両手で受け止める。

「あ、あの、今日はちょっと！」

「嫌か？」

「引っ越しで汗もかきましたからっ」

「大丈夫、むしろ遥日の匂い好きだし」

「でもっ」

まずいことだらけの私の事情を分かっていない先生は目を細める。

（もうとりあえず顔が良すぎるんです！）

彼の顔が良すぎるせいで、突っ張っていた手から力が抜ける。

「ちょ、待って」

先生の唇がまた首筋に埋まる。まさか先生とすぐこんなふうになるなんて考えてなかった。

「先生ッ、んっ……」

大きな熱い手が太ももを撫でる。硬い指先に驚いてビクッと身体を震わせた。指先が通る場所から熱を持つ。知らない自分まですべて暴かれそうで怖くなった。

（だめ！　やっぱりまだする勇気が出ない！）

瞬間、甲高い電話の音が耳に届いた。

それはスマホの着信音だった。緊急の呼び出しで鳴ることが多いので、彼のスマホの着信音は普通のものより大きめで高い音がする。

先生はすぐにベッドから下りスマホを取ると一言二言話して切った。

「すまない、病院からだ。いってくる」

「は、はい。いってらっしゃい、んっ……」

言うなり、名残惜しそうに唇にキスをされる。寝室から出ていく逞しい彼の背を見送って脱力していた。

「よかった」

さっき気づいたけど先生はベッドの上ではいつもより強引だ。

当たり前なのかもしれないけど、想像以上に彼は『男性』だった。それが少し怖くもあった。

(私、覚悟できてたようで全然できてなかったんだ……)

そのときになってはじめて、嘘をついて結婚までしてしまったことを少しだけ後悔していた。

――完全に寝不足だ。

昼休みの食堂のテーブルで、目の前のトレーにのっているざるそばをぼんやり眺めていた。気づいたら隣に藤堂さんと、斜め前に鳴本さんが座っている。

「なんでそんなにぐったりしてるの？　もしかしてまた……！」

「え？　あぁ、あまり寝れなくて」

「やっぱりぃ！　最初からすごかったもんね。玲志先生ってムッツリだと思ったのよね～」

鳴本さんが喜んではしゃいでいる。

「ムッツリ？　ま、まさかっ」

私のせいで玲志先生が変態だと思われたら困る。ちょっと意地悪な一面もあるけど、一度の過ちですぐに結婚を決意してしまうほど清廉潔白な男性もそうそういない。

しかし鳴本さんは全く信じていないようだ。やれやれといった表情で藤堂さんまで言う。

「赤くなっちゃって。医師って体力あるし、それに付き合うのも大変よね」

「だから違うんですってば！」

「なんの話？」

聞こえた声だけで玲志先生だと分かって飛び上がった。藤堂さんと鳴本さんは表情を戻してシレッと挨拶している。

「玲志先生、お疲れ様です」

「お疲れ様」

先生は二人に言うと、私に視線を移し微笑みかけてくる。輝くような笑みに心を鷲掴みにされている私に頭を下げた。

「昨日はそのまま帰れずすまなかった」

「い、いえっ。本当に気にしないでください。むしろ好都合だったというか」

「え？」

失言してしまい、慌てて話題を変える。

「患者さんは大丈夫でしたか？　確か入院手続きが入ってましたよね、田中尚さん」

「あぁ。緊急のオペになったが今は落ち着いている。半月ほどで退院できると思う」

「よかった」

病院、特に脳外科は全快して病院から出ていく患者さんは半数もいない。三次救急に対応している病院だからこそかもしれない。全快せずに病気と付き合いながら暮らしていかなければいけない患者さんや、長期入院を余儀なくされる患者さん、そしてあとは亡くなってしまう患者さんだって多いのだ。

ドラマではどんな患者も全快して病院から退院していくけど、驚異の手術成功率を誇る黒瀬総合病院でさえ、現実はそんなに簡単にはいかない。

そんな中で先生たちはいつも最善を尽くしてて、私はいつだってそんな先生たちを尊敬してる。そしてそれを一緒に支えている看護師さんや医療スタッフの皆さんも。

玲志先生を見上げる。先生は目を細め、唇を私の耳元に近づけた。

「しばらく立て込んでいて早く帰れないが、金曜は早く帰るから、昨夜の続きはそのときにな」

「なっ……！」

愉しそうに笑って先生は踵を返して歩いていく。私は何度も口をパクパクと開けたり閉めたりしていた。

(昨夜の続きってなに？　どう考えてもあれ以上の行為じゃない！)

私たちを見ていた鳴本さんがニーッと口角を上げる。

「二人でコソコソ話してなんかエロい。っていうか絶対エロい話でしょ」

「そっ!?　そんなわけないですよ！」

確かにさっきの玲志先生は鼻血が出そうなほど魅惑的だったのは否めない。さらに赤くなった私を見て鳴本さんがからかってくる。

「声も裏返ってるし。やっぱアヤシイ！」

「アヤシクないです！　もう行きますからね。ごちそうさまですっ」

恥ずかしさの限界に達して席を立つ。手と足が同時に揃って出るくらいには、動揺していた。

いくら早足で歩いても顔の熱は全然冷めなかった。

「なんで昼にそんな話をするのよ。仕事にならないじゃない！」

とはいえ、仕事に入れば忙しくて、帰るまでは先生の言葉は忘れられた。


金曜日は定時で仕事を終わらせた。

――金曜は早く帰るから、昨夜の続きはそのときにな。

先生の声が耳に反響するとボッと頬が熱くなる。今週ずっとそうだった。

もちろん問題だらけの私は続きなんてされたら困ってしまう。それにまだやっぱり最後までは怖い。悶々と考え、ふと思いついたのがこれ。

(とにかく先生の好きなものをたくさん作って、そういう雰囲気を回避しよう！)

我ながらナイスアイディアだ。先生はいつも寝不足だし、お腹いっぱいになれば眠くもなる。実際ちゃんと眠ってほしいし。

しかし、とふと固まった。考えてみれば玲志先生の好きな食べ物が分からない。そのうえ、料理は得意というほどの腕でもない。

悩んだ末に、問題を解決してくれそうな人の顔が思い浮かんだ。すぐにスマホを取り出して電話をかけ、無理に頼んだのが昨日のこと。

マンションに戻ったときにはもう電話した相手はエントランスで待っていてくれた。

「遥日ちゃん、おかえりなさい！」

玲志先生にそっくりな目元、綺麗な顔立ち。艶やかなロングの黒髪に、身長もすらっと高い玲志先生のお母さまの志野さんだ。パーティーでの着物姿も美麗だったけど、今日のイエローのワンピースも華やかで似合ってる。お母さまといっても見た目はお姉さんと見間違うほど今日も若々しい。

そんな志野さんを見て、安心感から泣きそうになった。

「すみません、待っていてくださって。今度、合い鍵を作って渡しておきますね」

「いいわよ、玲志に怒られるわ。それより今日は、玲志の好きなものをたくさん作りたいって？」

「はい、大丈夫でしょうか」

「任せて。大丈夫よ」

志野さんは優しい声で言う。それから二人で近くのスーパーで買い出しをして、またマンションに戻った。

キッチンで並んで料理をしていると、ママが生きていたらこんな感じだったんだろうかと思う。以前から志野さんに会うとそんな気がしてしまっていた。

志野さんは野菜を洗いながら笑顔で言う。

「遥日ちゃんに頼ってもらえて嬉しいわ」

「お忙しかったのに突然すみません」

「全然気にしないでよ！　むしろバンバン頼って。今、克己さんもなにかをふっきるように仕事に没頭してるし」

克己先生、なにかをふっきるってどうしたんだろう。考えてみれば時折受付にも顔を出してくれる克己先生は、最近ずっと手術に入りっぱなしでなかなか顔を見ない。

「なにかあったんですか？」

「ふふ、たぶん複雑な心境なのよ。それより、遥日ちゃん普段、料理は？」

「嫌いじゃないんですけど、得意でもなくて。いつもはネットで見て作るくらいです。でも人にふるまった経験はないです」

志野さんは泣きそうな私の顔を見て力強く頷く。

「そんなに気合いを入れなくても大丈夫よ。そもそもあの子は家事は一通りできるように教えてあるから全部自分でやらなくていいの」

先生の方が私の何倍も忙しいのだし、私も先生のためにできることはしたい。とはいえ、夜のあれこれはどうもまだ踏み切れず、怖くてこうして料理で誤魔化そうとしているのだけど。

「そういえば玲志、今日病院に行ったときに見かけたけど、愉しそうな顔してたわ。あんな顔、母親の私でもほとんど見た覚えがないわよ」

そう言って、志野さんは微笑む。今夜の『この前の続き』を愉しみにしていたらどうしようとドキリとする。

（まさか玲志先生に限ってそんなわけないよね？）

ドキドキしながらも完全否定できないのは、以前、彼が見せた男性の顔のせいかもしれない。

思い出すと緊張してしまうので慌てて首を振り、意識を切り替えて二人で並んで料理を進めていった。

「そうそう。玲志の好きなものってこれよ、これ」

「これって……鍋ですか！」

私が言うと、志野さんは微笑む。

「材料切ってぶち込むだけだから簡単だしおいしいし」

「ぶち込む……」

およそ志野さんらしくない言葉に目を丸くした。すると志野さんは愉しそうにケタケタ笑う。

「そもそも、私なんて料理も洗濯も掃除も全然できなかったのよ。玲志が大人になるまで仕事ばかりだったからね。看護師だから家事が得意だなんて妄想よねぇ。週二回来てくれるハウスキーパーさんに頼ってばかり。私が作るのは鍋ばかりよ」

またケタケタ笑う志野さんを見てなんだかホッとしていた。黒瀬家秘伝の料理を伝授されたらその通りにできるのか不安もあったから。

志野さんは笑いながら材料を切っていく。私も続いて隣で野菜を切っていった。

「ま、看護師で忙しいからできないなんて言い訳にならないわよね。里華は料理もできたわけだし」

「母は料理が好きだったんですよ。でも、考えてみればうちもお鍋が多かったような」

小学生だった頃を思い出して言う。母は料理が好きだったが、夏でも結構な割合でお鍋だった。

「それ私が教えたのよー。『肉も野菜もとれるし、帰ってからすぐできるでしょ。玲志見てみなさい、大きいでしょう。あれの中身は全部鍋なのよ』って。そしたら里華、遥日ちゃんが身長伸びないのを気にしてるから鍋を増やしてみるって」

「そうだったんですね。ふふっ」

「あの子、本当に教えた通りにしてたのねー」

志野さんも楽しそうに笑う。私は志野さんが母を『あの子』って呼ぶのが好きだった。まるで本当の家族の一員みたいで。

志野さんは私の背中を軽く叩いた。

「まぁこんな母親でも玲志はあんなに大きくなったから安心して。手を抜くところは抜く。二人で過ごす時間の方を大事にしなさい」

「はい」

まぁ、今はあまり二人の時間が多すぎるのも色々まずいのだけど。

「それに遥日ちゃんだって働いているんだし、ハウスキーパーさんを雇うのも手ね。うちに来てもらってる人なら安心だからよければ頼んであげるわよ？」

「い、いえっ。そこまでは」

「仕事は続ける気がない？」

「いや、続けたいです。できればずっとあの場所にいたいって思ってます」

とはいえ、もしこれから玲志先生に嘘がバレたら病院にいられなくなると思う。

(そうなったらなによりも辛い……)

想像するだけで目に涙が浮かんだ。

母が亡くなって遠縁の親戚に引き取られた数年も、病院に顔を出せなかったのだけど、それは私にとって思っていた以上に辛いことだった。私は当たり前に黒瀬総合病院を自分の居場所として認識していたんだと思った。

「恥ずかしい話なんですが、私が離れられなくて」

「遥日ちゃんにとっても病院が実家みたいなものなのかもね」

「志野さんも長く看護師を続けられていましたよね。でもいつの間にか辞めてて驚きました。聞いたら母の葬儀のあとだったって。母と関係していますか?」

「ううん、そうじゃないのよ。大事な人がいつでも安心して帰ってこられる場所になりたくて辞めたの」

志野さんは少し寂しそうな顔をして言ったあと、表情を戻し嬉しそうに加える。

「でも辞めてからは結構暇でね。だから、遥日ちゃんが玲志と結婚して娘になってくれて、こうして頼ってくれて本当に嬉しい!」

にこ、と微笑んだ笑みは、まるで子どもみたいに可愛らしい。

（こんなによくしてもらってるのに、私は先生を騙したまま結婚したんだよね……）

また急に罪悪感が胸を突いて、うまく笑えず下を向いて頷いた。

あらかた準備が終わったところで、帰ろうとする志野さんを慌てて引き留めた。

「あ、あの、よければ一緒に食事もしていきませんか？」

「まさかっ！　だめよ、新婚なんだから二人でイチャイチャしなさいよ」

「イチャ……!?」

ボッと顔が熱くなる。

「家でどうなの？　遥日ちゃんしてみたいこととか玲志に言えてる？」

「夫婦っていってもなにしていいのかよく分からないんですよね。ペアルック着てみたり、二人でお散歩してみたりとかですかね？」

「おそろコーデとか言わない？　しかも散歩って。時々遥日ちゃんの年齢が分からなくなるわぁ」

「え？」

指摘されて確かに若者らしくない発言だったかな、と思ったけど、なぜか言ってしまった。志野さんは微笑むと真面目な顔をして私の手を握る。

「遥日ちゃんが玲志のすることで嫌だと思ったときは、ちゃんと嫌って言うのよ」

「は、はい。でも嫌だって思うのは全然なくて。ただ、緊張するだけです」

身体に触れられたときも怖かったけど、不思議と嫌ではなかった。

考えていると、突然、ぐい、と強く抱きしめられる。玲志先生とは違う柔らかな感触に顔がやけに熱くなった。

「もう！　なんて可愛いの！　ホント、玲志にはもったいないわぁ！」

「ちょっ、志野さん!?」

少し恥ずかしかったけど、まるで本当の母親のように思えて、されるがままに身をゆだねていた。

本当にその夜、先生は早く帰ってきた。早いといっても八時は回っていたのだけれど、今までこんなことはなかった。

「おかえりなさい」

少し緊張しながらも玄関まで迎えに出た私を見て、先生は「ただいま」と目を細める。

触れられそうになってなんとなく身体を背けてしまった。一緒にいられるのは嬉しいけど、夜のことを思うとどうしても緊張してしまう。

それから二人でリビングに向かい、テーブルの上を見た瞬間、先生は口を開く。

「鍋か」

「お母さんの味ですか？」

ふふ、と微笑んだ私を見て先生は驚いたように目を見開く。

（っていうか驚いている顔までかっこいいとかどうなってるの？　卑怯）

「なんで知ってるんだ？　聞いた？」

「実は志野さんが来てくれて一緒に作ったんです。食事もご一緒にいかがですかって誘ったんですけど、帰ってしまいました」

本当に一緒に食事してほしかったのだけど断られてしまった。先生は肩をすくめる。

「母さん、うるさかっただろ」

「全然。明るいしありがたかったです。そもそも呼んだのも私ですし、本当はもっと来てほしいくらい。……んっ」

突然抱き寄せられてキスをされた。驚いて見上げれば不機嫌に眉を寄せた顔が目の前にある。

「玲志先生？」

「妬けるな」

「え、っと。玲志先生のお母さままですよ？」

「それでも嬉しそうに話すから妬いた」

どうしよう、ヤキモチを焼かれて嬉しいと思ってるなんておかしいだろうか。

つい視線を下げ、フローリングの床を見て顔を上げられずにいた。

「あ、あの、食事をとってください。いつまた連絡があるか分からないし」

「うーん、でも、先にもう少しだけこの前の続き」

「続き!?」

言われてうろたえてしまう。せっかく料理でそういう雰囲気にならないように考えたのに、先生には全く効いていない。

「食事は!?　できてますから食べませんか？」

慌てる私に先生は真面目な顔で言う。

「今は遥日を感じたい。だめか？」

「う……」

(好きな人に求められて、だめってはっきり言えなくなる！)

ゆっくり顔が近づいてきて慌ててそれを止めた。

「き、キスだけ！　それじゃダメ？」

やっと言えた。一瞬先生が固まる。

（夫婦だし、もっと先までしなきゃダメかな？）

不安になって見上げると、ふっと微笑まれて優しい声が降ってくる。

「あぁ、遥日がしたいことだけしよう」

私の気持ちも大切にしてくれる彼が愛（いと）おしくなる。もっと好きになった気がした。

すぐに顎に手が添えられ、視線が絡んだ。ゆっくり目を瞑る。

「んっ……」

優しく唇が触れる。分かっていたのに身体が硬直する。背にも手を添えられてさらに身体を近づけられる。苦しいくらいなのに、全然離す気がないというようにキスは続いた。

「ふぁ！」

苦しくて合間に息をするように口を開く。瞬間、舌が口内に入り込んでくる。

「ふうんん！」

驚いて固まっている間に先生の舌は歯列をなぞり、こちらの舌をつつく。よく分からないなりにおずおずと舌を出す。そうすると喜ぶように先生の舌が動いてさらに絡め返された。

（こんなキス知らない。恥ずかしいし苦しいっ）

何度も角度を変えて、合間に短く息を吸うだけでひたすらキスが繰り返される。

終わりが分からず一瞬舌を引けば、追いかけるようにまた絡められる。

「んっ、ぅん」

いつの間にか少しずつ彼の熱が移ってくるようで、不思議とやめられなくなる。

（苦しいのに、もっとしたい……）

キスをしながら先生の背中に腕を回していた。彼がふいに笑った気配がした。さらに激しく舌を吸われると、頭がぼうっとして膝が折れる。それでも先生は膝をついて貪るようなキスを続けた。何度も舌を絡め合ったあと、そっと唇が離れる。

「遥日、大丈夫か？」

その声に、ハッと我に返る。

「すみません。ちょっと、驚いて」

「これくらいで驚いていて、あの日よく最後までできたよな。酔ってたからかな」

「そ、そうかもしれません」

酔った勢いもなにも、最後までしていない。酔った勢いというものがあるなら私が脱いでしまっただけだ。これは言えるはずもないが。

ふいにふっと彼が真面目な顔で言う。

「真っ赤になるのも可愛いけど、俺たちはもう夫婦なんだから、このくらいはもう少し早く慣れてくれる？」

「えっ」

考えてみれば、玲志先生は仕事でも真面目すぎて、必要なことには決して妥協しない性格だった。

食事が終わってすぐソファに連れていかれ、先生の横に座らされた。彼は愉しそうに私の髪や手に触れながら、時折さっきと同じキスをする。

苦しくなって唇を離しても、またもう一度舌を絡めたキス。

「せんせ、まだするの？」

「んー、こういうのは回数をこなして慣れるのが一番いいだろうからね」

真面目な先生に真面目な顔で言われれば、そういうものか、と思ってしまう。

いつの間にかソファに押し倒され、それでもキスは続行される。指の間にも手を這わせて、ぎゅ、と握られていた。

何度もキスをしていると、おかしな気分になってくる。舌からだけでなく、繋がれた手からも、のしかかっている先生の重みからも、熱が全身に伝わってくるようだ。

そのせいで不思議と先生と最後までする想像までしてしまう。やっぱり急に怖くなって、慌てて先生の胸を押した。

「ま、待って」

「ん？」

「もう慣れましたからっ。ものすごく慣れました！　大丈夫です。もう十分ですっ」

「そう？」

不思議そうな顔で先生がキスをやめてくれた。

（よかった。嘘だけど信じてもらえた）

ホッと息を吐いた私の頭を先生は優しく撫でる。顔を上げると、先生は甘く優しい瞳で私を見ていた。なんだか見てられなくて視線を逸らしてしまう。

「そ、そもそも、普通の夫婦ってこんなにキスをするんですか？」

不思議に思って聞いていた。父は私の記憶ではずっと入院していたし、引き取られた親戚夫婦は不仲だった。テレビで見る夫婦のキスシーンは唇を軽く合わせてるだけのように思っていたけど、他の普通の夫婦像はどうも分からない。

（ありえないとは思うんだけど、先生、実は嘘をついてない？）

じっと先生を見ると、彼は少し考えて真面目な顔できっぱりと言った。

「普通するよ」

先生はずっとご両親と一緒に住んでたから普通の家庭を知っているのだろう。

（ってことは克己先生と志野さんもしてたってことだ！）

二人が憧れの夫婦像である私にとっては説得力が増す。ごく、と唾を呑んだ私に先生は続けた。

「普通の夫婦がすることはきちんとしよう。まずは形からって言うだろ？」

すごく真面目な顔で先生は告げる。それなら、と頷き、念を押すように聞いた。

「でも、その先はまだ少し待ってもらっていいですか？」

ドキドキしながら聞いてみる。彼は何度か頷いた。

「もちろん。最後までするのは遥日がいいって思えたらにしよう。それまではたっぷり慣らそう」

チラリと先生を見上げると、彼は「じゃ、そういうことで」ともう決定したかのように言っていた。

「は、はい」

よかった、分かってもらえた。

私は心底ホッとしていた。見上げると彼は口角だけ上げて笑ってる。

「あの、どうかしました？」

「ううん、遥日は可愛いなと思っただけ」

耳元で囁かれて顔が一瞬で熱くなり手で頬を覆う。そんな私の手をもう一度取って、ゆっくり顔が近づいてくる。唇が触れる。舌が絡む。

（これが普通の夫婦がするキス）

その燃えるような熱に絆され、そっと目を瞑った。

数日後の夕方、用事で脳外科の医局前を通っていると玲志先生に出くわした。

病院で会うとなんだか恥ずかしい。みんなの前だと特にそうだ。

「お疲れ様です」

「ちょうどよかった、遥日。おいで」

言われて、医局の奥にある休憩室に連れて入られる。そこは長椅子と机、冷蔵庫、そして簡易ベッドがあった。

「私なんかがこんなとこ、入っていいんですか？」

「別にいいよ。廊下で話していたらからかわれるだろ？　遥日、みんなの前だと恥ずかしがって目も合わせてくれないし」

（バレてたんだ）

うまく誤魔化してる気がしてたけど、玲志先生は分かっていたらしい。

「すみません」

「堂々としてほしいけど、遥日は遥日だしな。それより結局あのあと連絡できずにすまなかった」

昨夜も呼び出しがあり、キスの途中で先生は病院に向かった。ここ数日ずっとそう。

「いいえ、急患の対応なら連絡なんてできないのは当たり前ですし、気にしないでください。でも連日で先生は睡眠不足じゃないですか？」

「あぁ、慣れてるから大丈夫だ」

「私にできることがあれば言ってください。なんでもしますから」

私が言うなり、先生はフッと笑うように息を吐いた。

「どうしました？」

「そんなふうに言ったら自分の身が危ないのが分からないの？」

「え……」

顔を上げると、先生は意地悪な笑みを浮かべている。

視線が絡んだ。すると顔がゆっくり近づいてくる。心臓が激しく脈打ちだす。まさか、病院なのにキスされるかもしれない。

ありえないと思いつつも、この数日、家で時間さえあれば先生といつもキスをし続けているせいか、キスの感触を得たくなって目を瞑ってしまう。

しかし、唇同士は触れず、また笑う気配だけした。

ゆっくり目を開ける。彼の意地悪な笑みに一瞬で頬が熱くなる。頭を軽くポンポンと叩かれた。

「続きは夜にね。その真っ赤な顔が少し落ち着いてから行きなさい」

先生はくるりと踵を返して部屋を出ていく。私は気が抜けたようにずるずると床に座り込んでいた。

「どうしよう、もう心臓がもたないんだけど」

だけど、そんな先生が前よりももっと好きになっていて、自分の気持ちに果てのないことをしっかり知ってしまった。

マンションの室内は空調と加湿器を常に作動させている。

もともと玲志先生が体調管理もかねてそうしていたらしく、私もそれに合わせるようになった。冬でも一定の温度の室内だったので、私のようなアパート育ちには暑く感じて、寝ている間に体温が上がって万が一でも脱いでしまわないように、お風呂上りはできるだけ薄着をして熱を冷ますようにしていた。

「これで暑くなって脱いじゃうのはないよね」

今日は『続きには夜に』と言われたけどもう時間も遅くなっていて先生も帰ってこないとふんだ。私は薄手の半袖とショートパンツのままで熱を冷ましていた。

しかし廊下に出たところで帰ってきた玲志先生と出くわしてしまう。彼は私の服に視線を落とすと、少し眉を下げて言った。

「ただいま。なんでそんなに薄着？」

「あ、お、お風呂上がりですから。でももう着ます」

慌てて上着を取りに動くと先生が私の腕を掴む。驚いて見上げるなり、抱き寄せられた。

「ひゃ！　え？」

する、と太ももに熱い指先が這った。指は脚のラインを楽しむように進む。

「あ、せんせ……！」

先生の指先はするすると内ももを進んでいく。

（進むのは待つって言ったのに！）

それでも触れられる場所から身体に電気みたいなものが走って力が抜ける。濃厚なキスとも違うピリピリした感覚。指は遠慮なく、感触を楽しむように動く。

「やっ……」

（どうしよう、どうしよう！）

脚の付け根まで指が来た瞬間ぴたりと止まった。驚いて先生を見上げる。先生はふっと笑って耳元で囁く。

「少しは期待できるようになった？」

「期待なんてしっ、してませんっ」

「薄着もいいけど、俺がこうやって我慢できなくなりそうだから気を付けなきゃ」

ふふ、と愉しそうに先生が笑う。

（あれ？　もしかしてからかわれました？）

むぅ、と子どもみたいに頬を膨らませてしまった。先生は目を細めて、膨らんだ頬を親指と人差し指で挟んで空気を抜く。瞬間、唇が重なった。

「ん……」

唇の熱が伝わって、顔も頭も、そして身体も熱くなる。

キスは好き。昼に病院で消化不良だったのもあってか、先生がやめようとするたびに何度も縋ってキスを続けた。そのうち、舌が絡まる。誘導されるように自分からも絡め返した。

(もっと。もっとしたい)

目の前に見える先生の顔も、そして舌から伝わってくる体温も全部好きだった。さっきの触れた指先だって少し怖かったけど、これまでとは少し違った気がした。

まだ玄関だということも忘れて夢中になりながら何度もキスを交わしていたとき、ぐううううう！　と自分のお腹が盛大に鳴る。

「ご、ごめんなさい！」

(ムードぶち壊し。私のお腹ってなんでこんなに欲望に正直なの？)

そうは思っても、お腹は遠慮もなくまた鳴る。先生は目を細めて笑い、首をかしげた。

「まだ夕食をとってなかった？」

「先生と一緒に食べたくて。私が待っていたかったから」

「先に食べておいてよかったのに。おいで」

ひょい、と抱き上げられる。いわゆるお姫様抱っこのままリビングまで連れていかれた。

「もう、下ろしてください」

「しっかり食べないと。前より体重軽くなってる」

「体重分かるんですか!?」

「誤差百グラムくらいでな」

「それはやだ、下ろして！」

「ハハ、嘘だって。でも軽くなってるのは本当。今日は俺が食べさせてあげる。しっかり食べるまで責任持って食べさせるよ」

「子どもじゃないんだから、そんなのやだぁああああ！」

そうは言っても、用意してあった食事を先生は愉しそうに私に食べさせたのだった。

今夜は珍しく先生がそのまま自宅にいて、私が先に入っていたベッドに入ってきた。瞬間、緊張して息を呑んでしまう。心臓が身体の中で飛び跳ねているのが分かる。

（だめだ、心臓持たない。顔も熱い）

先生の指先が、反対を向いてる私の後ろ髪に愉しそうに触れていた。さっき触れられかけたせいか、心臓が痛いほど大きな音を立てている。手が私の脚に触れて、ふっと笑われた。

「ちゃんと着たんだ。そっちの方がいいよ、風邪ひいてもいけないし」

そう、私は早速、長袖長ズボンのパジャマに変更した。ボタンの数も一番多いもの。すぐ後ろに先生がいるせいか、頬が熱い。緊張している私を分かっているのかいないのか、先生はぐるりと私を自分の方に向かせると軽いキスを落とす。

唇はすぐに離れた。頬を優しく撫でる指先が、挑発しているように感じた。

（まだキスしたかった。いや、でもだめ。続けたらそれだけで済まない気がする。さっきもちょっと危なかったし）

リビングとは違って、ベッドの上というだけで、さらにあれこれ想像してしまう。だけどどうしてもまたキスしたくて自分からキスをした。すると少し強引に唇を貪られ、唇が離れた瞬間、彼が低い声で言う。

「今日はもう少しするよ」

「ふぁっ」

少し開いた唇の隙間から当たり前のように舌が差し込まれる。ゆっくり舌をつつかれ、それに応えると、喜んだように舌が絡んだ。

いつの間にかパジャマのボタンがすべて外されていて、彼の手が素肌の上をすべる。熱い手の平から伝わる体温でさらにこちらの身体まで熱くなる。丁寧に身体にキスが降ってくる。

自分でも触れた覚えのない場所に先生の手が触れたとき、ハッと我に返って慌てて彼の身体を押した。

「やっぱり、これ以上はだめです」

「まだ無理そう？」

前よりは怖くはなくなってる。でも、やっぱりまだ怖いのと、最初についてしまった嘘のせいで、素直に身体を許せない。

ない知恵を振り絞り、やっと一つだけいい言い訳を思いついた。

「そう、こ、子ども！　子どもできてたら、そういうのはだめなんじゃないですか」

「え？」

「ほら、あの最初のホテルで……最後までしたから先生が子どもができてるかもしれないって言ったでしょ」

言ってみて、本当に次から次へと流れるように嘘をついているじゃないか、と自分で自分が信じられなくなる。

嘘を重ねるたび、嘘は上手になるのに罪悪感は大きくなって、私の心の真ん中に座り込む。

先生は少し考え、小さく頷いた。

「……そうだな」

つい私は安堵(あんど)のため息を漏らしてしまった。

しかし次に、先生は真剣な顔をして口を開いた。

「妊娠中の夫婦生活について産婦人科の三上(みかみ)先生に詳しく聞いてくる」

「えっ……」

三上洋子(ようこ)先生は私も昔からよく知っている産婦人科のベテラン医師だ。

(夫婦生活について聞く？　え？　なんで、いつの間にそんな話になったの？)

先生の顔を見ても、先生は全く冗談を言っている様子はない。

(これ、本気のやつだ！)

キスで熱くなっていた顔の熱が一気に引いていく。血の気まで引いた。

(そんな恥ずかしいこと、顔見知りの先生に聞かれたら困る！)

慌てて飛び上がるように身を起こす。

「だめ！　やめてくださいっ。恥ずかしいですっ」

「なぜ恥ずかしがるんだ？　夫婦なら当たり前のことだろう」

「そんなの聞かれたら、もう三上先生と顔合わせられなくなりますって！」

「でも大事な話だから」

「なにがですか⁉」

私が必死に頼んでも、先生は全然頷いてくれない。

真面目な顔で、本当に聞くつもりらしい先生を見て泣きそうになった。

（そんなところまで真面目でなくていいと思います！）

おかげで、先生が呼び出されて病院に行ってしまったあとも、悶々として眠れなくなってしまった。

あの感じだと、玲志先生、絶対に聞いてくる。

だって普通の夫妻の生活も真面目に、そして確実に再現しようとしてるし。夜の生活まで真面目に考えていそうだ。

「もしいいんだったらするの？　夫婦だからしてもいいんだよね。いや、だめだ！」

頭をワシワシっとかく。結局一つの嘘が、どの行動も制限しているようだった。

――嘘をついてはいけない。

よく聞く言葉に、私ははじめて深く納得していた。

四章　やっぱり真面目すぎる夫の意外な顔×自分の理性は頼りない

終業後、小児科の入院フロアに顔を出していた。顔見知りの看護師さんが、「今日は会えるわよ」と微笑んでくれる。少し前まで調子が悪くて顔も見れなかったのでホッとした。

そっとドアを開ける。ベッドの上にいるのは、短い黒髪で利発そうな顔をした六歳の男の子・門脇蒼くんだ。蒼くんはこちらを見るなり目を輝かせる。

「遥日！」

「蒼くん、今日は起きてて平気？」

すぐ部屋に足を踏み入れた。蒼くんは読んでいた本を膝の上に置きながら大きな目をさらに開く。

「寝てられないよ。遥日、玲志先生と結婚したんだろ」

「うん。よく知ってるね」

「なんであと十二年まってくれなかったんだ」

蒼くんが悲愴(ひそう)な顔をするので、私はつい笑ってしまう。同じ室内のベッドサイドにいた蒼くんのお母さんである真希さんも苦笑していた。

しかし蒼くんに再度顔を向けると、蒼くんは怒った表情になっていた。

「子どもだからってバカにするなよ。俺は本気なんだ」

「ごめん、そっか。そうだよね。バカにしたんじゃないの」

子どもの頃の恋心はバカにできないって私自身がよく分かっている。蒼くんを見てると、昔の自分と重なる。だからつい同じだと思って懐かしくて笑っちゃうんだ。

(蒼くんは真剣に言ってくれてるんだから、はぐらかさずにはっきり答えなきゃ)

息を吸って、まっすぐ彼の目を見つめた。

「私はこれまでもずっと玲志先生だけが好きだったから、十二年経っても私の気持ちが変わらないと思うんだ。思うっていうか、そうなの」

蒼くんは黙り込んだ。少し不安になって直接聞いてみた。

「結婚したらもう、ここに来ちゃダメかな?」

「……別にいいけど」

「ありがとう」

嬉しくて思わず笑う。真希さんも安心したように微笑んだ。

この病院では未就学児の入院患者は基本的に親が付き添うことが推奨されている。

蒼くんは学校には通えてないけど年齢的には小学一年生で、もう付き添いがなくてもいいとされていた。だけど、母親の真希さんはできる限り付き添ってる。しかし真希さんはシングルマザーなので限界はあった。それを蒼くんは知ってるので、真希さんにワガママを言わない。その分なのか私に対しては好きだと言いつつ、ワガママを言ってくれてると感じるときもある。そのあたりも昔の自分に少し似ている。

夜、眠るまで一緒にいたいと言う蒼くんに本を読んだり、お話ししたりして、寝てくれたところで真希さんが病室に戻ってきた。コーヒーを手渡してくれるなり、香ばしい香りが室内に漂った。

「ありがとうございます」

「こちらこそ、ありがとう。それにごめんなさい、遥日ちゃんの結婚で不貞腐(ふてくさ)れちゃって」

「全然。こんな大変な時期に結婚なんてすみません」

蒼くんは再来週に脳外科と小児外科の先生が執刀するオペがある。今はオペに向けて体調を崩さないように気を付けている最中だ。

「なに言ってるのよ。遥日ちゃんがずっと好きだった人と結婚できてよかったわ。本当におめでとう」

「ありがとうございます」

「遥日ちゃんの無理のない範囲でまた顔を見せにきてやって」

「もちろんです」

真希さんは眠っている蒼くんの髪を撫でた。

「蒼はずっとここだけしか知らないから。遥日ちゃんに会えるの、喜んでるのよ。元気な日は散歩って言ってこっそり外科の受付を見に行ってるの。ふふ」

「なにそれ。可愛すぎる！」

思わず私を見てくれている蒼くんを想像して破顔してしまう。子どもはもともと好きだけど、蒼くんは特に可愛くてまるで弟のように思っていた。

「真希さんはお仕事大丈夫ですか？」

「うん、社長がいい人でね。色んな休暇と制度をフル活用してる」

「絶対に無理はしないでくださいね。頼るのはいつでも頼ってください。遠慮はいりませんからね。絶対ですよ」

「分かってるわよ」

真希さんは、困ったように肩をすくめた。

私と真希さんが出会ったのも、彼女が病院から出たところで倒れたのを、たまたま通りかかった私が見つけたから。倒れた理由は過労と睡眠不足だった。

それから彼女がシングルマザーで、入院中の蒼くんのお母さんだと知って、気になって顔を出しているうちにどんどん仲良くなった。頑張りすぎる彼女が心配でもあったから。

「真希さんすぐ頑張っちゃうから心配なんですよね」

「シングルマザーだからって言い訳したくないんだ。蒼に寂しい思いもさせたくないし」

「真希さんの気持ちも分かりますが、また真希さんが倒れちゃったらだめですからね。無理しすぎないでください」

私が言うと、真希さんは目を細めて、ありがとう、と笑ってくれた。

そのとき、病室の扉がそっと開く。入ってきたのは玲志先生だった。

「遅い時間に申し訳ありません」

先生はぐっすり眠る蒼くんの様子を見て微笑み、手首に触れる。

「調子よさそうですね。発熱もないし、このままなら予定通りにオペできそうです」

「ありがとうございます」

私も安心した。病気を併発してる小児のオペは体調との戦いだ。体調の良いときでないとオペの間の体力が持たない。特に今回は脳外科の手術を受けるので、オペ時間も長くなる予定のようだ。

先生はまっすぐ真希さんを見る。

「お母さん、手術の内容でご質問があるとお聞きしましたが」

「はい。すみません、診療時間外に無理を言ってしまって」

「いえ。ご心配ですよね」

私は蒼くんを見ているからと病室に残り、先生と真希さんは廊下に出た。

一時間くらい話して、部屋に戻ってきた真希さんの目は赤かったけど、どこか晴れやかな顔もしていた。

きっと心配なことがたくさんあるのだろうと、胸がぎゅう、と痛んだ。

それから蒼くんの病室に泊まると言う真希さんと別れて私も帰宅した。

家に帰って食事を用意して、少しネットを検索する。蒼くんの手術は、脳の底にできてしまった脳腫瘍をとるもので、かなり難しいオペだ。

実はそのオペは亡くなった父が受けたもののうちの一つと同じだった。父は腫瘍が脳内に多発していたのだ。

私は帰ってきた先生がリビングにいくなり、すぐ聞いていた。

「蒼くん、またオペするんですよね」

「あぁ」

また、というのは、彼は以前、心臓疾患のオペもしていたから。そのときの担当は玲志先生じゃなかったし、難しいオペではないと聞いてたけど、手術時間は長かった。

不安そうな真希さんの表情が今でも忘れられない。

「今回は父と俺が入るから」

病院長が執刀するなら、やはりかなりの難易度なんだろうとたやすく想像できる。

ぎゅっと手を握って、玲志先生を見上げた。

「オペのとき、真希さんに……お母さんについていてもいいですか？」

前に、報告するよう言われていたので聞いてみると、先生は分かっていたように深く頷く。

「付き添うのは構わない」

「よかった」

「ただ深入りはしすぎないように」

最後にぴしゃりと告げられ、当たり前だと分かるのに頷けない。たぶん責任のある人とは立場もなにもかも違って、先生の言っている方が正しいのも分かる。

でも分かっていて放っておけなかった。

「すみません。ご迷惑にならないように気を付けますから、もう少しだけ彼らに関わらせてください」

「遥日は曲げないだろうなっていうのは分かってた。でも時々は伝えておかないと暴走しても困るしな。だから伝えてる」

「ごめんなさい」

頭を下げた私の髪を大きな手が撫でる。その手が頬に落ちると顔を上げ自分から彼の手に頬ずりした。視線が合う。全部見透かされているんだろうなと自然に思う。

「私も同じように家族がいないから気になってるだけなのかもしれないんです」

真希さんは頼れる親族はいない。頼れたはずの旦那さんは昨年病気で亡くなった。それを自分に、いや、自分の母に重ねているのかもしれない。

目の前の彼が悲しげに眉を下げた。

「遥日には、今は俺がいるだろ？」

「そうですよね。志野さんも克己先生もいますし。一気に大家族になれてラッキーでした」

私が言うと、先生は目を細めてそっと抱きしめる。

「あぁ、もう母さんなんて娘ができたって喜んで仕方ない。父さんなんてもっと」

「はい」

「新しい家族が早く増えるといいな」

明るい声で先生は言った。先生は私が今、妊娠している可能性もしっかり考えてるんだった。

彼は無理を言う私の気持ちを分かってくれる。なのに私は嘘を重ねていて……。

(このままでいいのかな。先生と本当の家族になったって言える？)

先生はあの日、私と最後までしちゃったと思ったから責任を取ってくれただけ。私もそれを分かって結婚した。

先生と一緒にいる時間は甘くて幸せなのに、私には常に罪悪感が付きまとっていた。

(やっぱりこのままじゃだめだよね)

私は先生の胸を少し押して距離を取る。先生の顔を見上げた。

「先生。私、あの日ね……！」

言いかけて、慣れた感覚が私を襲った。お腹をつい押さえていた。

「遥日？」

「ごめんなさい。ちょっとお手洗いに行ってきます」

生理だった。血を直視したせいで、そのままお手洗いの中で貧血を起こして座り込んでいた。生理ですら血を見るのは苦手だ。

水を流すと、息を吸って吐く。少しだけ落ち着いてきて、はぁ、とまた息を吐いた。落ち着いてみると、生理が来たのがなんだか少し寂しくも思えた。

「妊娠してないのなんて当たり前だよね。してないんだもん。少し遅れてたのが不思議なくらい」

絶対妊娠なんてしてない。あの夜なにもしてないのだから当然だ。

お手洗いから出ると、先生が心配そうに口を開いた。

「大丈夫か？」

言うなら今が最後のチャンスだ。妊娠していませんって。そして、あの日、なにもありませんでしたって。

息を大きく吸う。はっきり言おうと思うのに口から出たのは思いのほか小さい声だった。

「実は生理になりまして」

「……そうか」

私の声より玲志先生の声が低く小さい。驚いて顔を上げると、先生は静かに下を向いていた。

（どうしよう。玲志先生、思った以上に落ち込んでる⁉）

表情は見えにくいが、いつもより重々しい罪悪感が胸を締め付ける。

つい頭を下げてしまう。

「すみません」

「いや、謝る必要なんてない。ただ残念なだけ。遥日との子どもの顔、見たかったから」

「……玲志先生」

先生、本当に子どもが欲しいって思ってくれてたんだ。なのに私はどう隠すかばかり考えていた。なんだかすごく申し訳ない気がしてくる。

真実を話そうと思うけど落ち込んでる先生に追い打ちをかけていいものか悩んでしまう。さらにお腹がぐっと沈み込むように痛い。さっき見た血も思い出してしまって、頭がぐらりと揺れた。一瞬床が見える。

「遥日ッ」

次に気づいたときには、先生の胸の中。倒れそうになったところを助けられていた。

彼は私を抱き上げたまま、寝室まで行きベッドにそっと下ろす。ブランケットを二枚持ってきてかけてくれた。

「貧血だな。腹は痛くないか？　これ使って」

「ありがとうございます。あのさっきの話──」

「話より今はゆっくり休んで。風呂はあとの方がいい？　でも今日は風呂上りに薄着はやめておいて」

「はい」

夜はブランケットをお腹に一枚増やして、いつもより優しく抱きしめられて眠りにつく。

先生は私を抱きしめながらいつの間にか寝息を立てていた。なのに私を気遣うように腰に腕は回されたまま。

子どもができてなくてあんなに落ち込まれて、妊娠してなくてもこんなに優しく扱われると、先生はただの責任感だけで結婚してくれたわけではないのかな、と思ってしまう。

自分に都合のいい解釈だろうとは分かりつつも、どうしてもその考えが消せなくなってしまった。

次の日の朝、目覚めたら先生はもう先に起きていた。

「おはよう、よく眠れた？」

「おはようございます。はい、おかげでぐっすり」

抱きしめられていた温もりのせいか、ぐっすり眠れた。いつもは生理がはじまると眠くてもぐっすり眠れなくなるはずなのに。

見ると先生はキッチンでなにか作っている。

「朝食、私が作りますよ？　先生忙しいのに」

「作れる方が作ればいいだろ。別に料理は嫌いじゃない。簡単ですまないが」

豆腐と野菜の入ったお味噌汁は味噌の香りだけでお腹が減ってくる。

準備を手伝って、白米にお味噌汁、卵焼き、そして漬物を並べる。食卓に着いて二人同時に手を合わせた。お味噌汁に口をつけると、味噌の香りとともにほんのり生姜の香りもした。

「おいしい。これ、生姜も入ってます？」

「少しだけな」

「志野さんのレシピですか？」

「いや、生理中、身体は温めた方がいいって聞いたから調べた」

「あ、ありがとうございます」

先生は真面目に一つ一つ真摯に対応してくれる。大事だよって言葉じゃなくても伝わってくるみたい。

もう一度口をつける。全身温かくなる気がした。

「っていうか聞いたって誰にですか？」

「産婦人科の三上先生。妊娠した場合の夫婦生活のついでに、遥日の身体に起こりそうな話は全部聞いておいた」

「ぐぅっ！」

驚いて、飲んでいたお味噌汁が喉の変なところに入ってしまう。先生はすぐに来てくれて、私の背を撫でた。

「大丈夫か？」

「き、聞かないでって言ったのに！　しかも全部ってなんですか！」

「生理とか、ＰＭＳとか。あと性交渉のときの――」

「わぁあああああ！　もういいです、やっぱり聞きたくありません！」

「なぜ恥ずかしがる？　大事な話だろ？　きちんと聞いておかないと」

当たり前に言われ、分かってもらえなくて泣きそうになる。

(変な生真面目さが炸裂してます！)

まさか玲志先生と結婚してこんなに恥ずかしい思いをするなんて考えてもなかった。

こういう面まで真面目な玲志先生の性格を読めてなかった。

「三上先生、口は堅いよ。だから心配しないで」

「そこの心配はしてないんですけど！」

頭を抱える私に、「頭も痛い？　薬を処方しようか？」と本当に心配した表情で言ってくる。ブンブンと首を横に振った。

「大丈夫です」

「なにかあれば必ず言って」

「……はい」

たぶんこれからも、玲志先生の真面目さを変えるのなんてできないんだろう。

(先生はなんで恥ずかしくないの？)

あまりにも普通に言われていると、どんどん自分の方が間違っているんだろうか、と思うから不思議だ。

先生を見上げる。視線が絡む。穏やかに優しく笑う先生を見てるだけで、幸福感が胸に広がる。

変なことを聞いてこようともやっぱり玲志先生は好きだし、心配しすぎての優しさだとも分かる。彼の持つ少し変で真面目な優しさを含めて、またさらに心を奪われてしまったようだった。

そっと手が取られて包まれた。目が合うと先生は慎重な面持ちになって口を開いた。

「最初は酔った勢いもあってその気がないままだったかもしれないけど、本当に子どもを作らないか？」

「へ……？　こ、子ども？」

「言っただろ。俺は遥日との子どもが欲しいって」

驚きでつい目を見開いていた。

昨夜、子どもができてなくて落ち込んでる先生を見て、彼が真剣に子どもが欲しかったのだと分かった。

「結婚してるんだしいつ子どもができても問題もないだろ」

「でも」

最初の嘘のせいで頷けない。最後までするのだってまだ勇気が出ない。悩んでいると、玲志先生は真面目な顔で言った。

「遥日は、子どもは欲しくない？」

悩む私を見て、先生はとても悲しそうに眉を下げた。その悲しそうな表情に、罪の意識が心に重くのしかかる。

（欲しくないってわけじゃない……）

でもついてしまった嘘だとか、なによりはじめての不安だとか、そういうものが私を素直に頷かせてくれない。

固まってしまった私の頭を先生は優しく撫で、それから私の両手を握った。

「困らせてすまない。俺が突っ走っただけ。遥日が欲しいと思わないと意味がないもんな。それにまだもう一度俺に抱かれる覚悟だってできてないみたいだし」

その言葉に弾（はじ）けるように彼を見上げた。

（覚悟ができてないってなんで分かったの？）

嘘つくこともできなくて、素直に縦に首をふる。

「ごめんなさい」

「責めてるわけじゃない」

先生は頷いて私の手を握っている手に力を込めた。彼の手の温もりに、なんで私はすぐに頷けないのかと泣きたくなってしまう。

「欲しくなったらいつでも言って。待ってる」

「待ってるって」

「俺はいつでも欲しいと思ってるから」

先生は私に優しい笑みを向けた。好きな人に、こんなにまっすぐに子どもが欲しいだなんて言われて、嬉しいと思わないわけはなかった。


次の日、先生が帰ってきたのは十時を過ぎてからだった。

「おかえりなさい。今日、帰りに蒼くんのところに寄ってきたんですけどね、顔色もよさそうで安心しました」

玄関に迎えに出た私を引き寄せ、ぎゅう、と強く抱きしめられる。

キスをされながら耳を指で優しく撫でられる。くすぐったさに混じる不思議な感覚に唇が開いた。待っていたように舌が差し込まれて絡められる。

こんなキス恥ずかしいと思っていたのに、毎日してるせいか、もっとしたいと思うようになっていた。何度も舌を絡め合ったあと、そっと唇が離れる。彼は額をくっつけて微笑んだ。

「遥日、ただいま」

その言葉に泣きたいほど胸が熱くなる。

最後までするのはまだ少し怖い。でも、先生との子どもはできれば自分だって欲しいと思った。変だよね、最後までしてないのにそんなふうに思うなんて。

でも私はずっと先生のこと――。

「好き……」

思わず言葉が漏れていた。

自分から言ってしまったらもう止められないって分かっていたけど、口から勝手にこぼれ出ていた。一度出した言葉は、堰を切った水のように止まらなくなった。

「好き。私、先生が好きです」

それまでは誘ってみても好きだって言えなかった。あの夜の勘違いのせいでこうして結婚まですることになって。それでも不思議と最後の一言がはっきり言えないまま。

好きだなんて言ってしまったあと、彼の反応が怖かったから。

言った瞬間、彼は固まってしまう。すごく不安になる。

しかし、一瞬ののち、急にまた抱き寄せられた。さっきよりさらに強く。

「んんっ！」

突然の激しいキスに息もできなくなる。いつの間にかゆっくり足が後ろに進んで、壁に背が当たる。ずるずる座り込んでしまっても、彼はキスを続けた。

「んっ……」

どんなキスも彼とするキスなら好きだ。でも、今のキスは少しだけ怖い。彼の持つ雰囲気がまるで獣のようで。

熱い手が太ももを撫でる。驚いて目を見開き彼の胸を押した。しかしその手も強く掴まれ壁に押し付けられる。彼の瞳がギラギラしていて、はじめて見た表情に心臓が掴まれたように苦しくなる。

何度か激しくキスをされ、彼は私を抱き上げた。驚いて暴れた私をものともせず、寝室につれていきベッドに少し乱暴に置く。さらにキスを続けられ、トップスの下から手を差し込まれた。

「んっ、だめ、玲志先生」

「もう、先生はやめて。玲志でいい」

「ふぅっ……」

またさらにキスをされる。手は遠慮せず肌の上を動いていた。

(まさかこれって……)

正解だと言うように首筋に唇が埋まる。じゅ、と強く吸われると身体がピクリと跳ねた。怖いのに、もっとその先が知りたくなる。それが分かったように無遠慮にキスは続く。絆されかけたとき、ハッとして慌てて叫んだ。

「玲志先生！」

「ほら、また」

「れ、玲志さん！　だめ、だめです！」

「もう無理。好きだなんて言われて我慢できるはずがない」

「あの、まだ、そういうことできないときで……。あの、生理で！　玲志さん！」

必死に叫び続けてやっと手が止まってくれた。一瞬ののち、彼は髪をかき上げ、目元に手をやった。

「え、えっと」

「……すまない。さっきの遥日の好きって言葉ですっかり飛んでた。がっついてるみたいで情けないな」

「いえ……」

やっといつもの表情に戻った玲志さんは乱れた服を丁寧に直してくれる。その間もずっと私の心臓はドキドキし続けていた。

次の日も、ことあるごとに、玲志さんの熱や、あのときの顔ばかり思い出していた。

前にも彼の男らしい面は見たことはあったけど、昨夜は息が詰まるくらいに男の顔だった。

生理じゃなければ、あのまま最後まで流されそうだった。

色々悩んでいたけど、あのときの彼の顔を見て、熱を感じて、私はすべてひっくるめて玲志さんと抱き合う想像をしてしまった。

「おかえりなさい」

その日の夜、帰ってきた彼に一瞬キスされそうになったけど、すぐに顔が離れた。

(今、キスしようと思ったよね。でもしなかった)

それだけでこんなに寂しいと思うだなんて知らなかった。

「すまない、昨日は。遥日の身体のことなのにすっかり忘れてあんなふうに。本当にすまなかった」

玲志さんがすごくシュンと頭を下げる。

(やっぱり真面目すぎる)

でも、このままもうキスしてくれない方が嫌だった。あのときはじめて、もっと触れられたいって思ってしまったくらいで。

恥ずかしいけど、落ち込んでる玲志さんを前に本心を告げるしかなかった。

「ち、違うんです。ただ、驚いただけで」

「驚いただけ？　怖いんじゃなくて？」

「は、はい」

「本当？」

彼の目がパァッと輝く。あまりに嬉しそうな表情に、うっ、と一瞬言葉に詰まった。

（これって私が誘ってるみたいになってない？）

実際、その側面もあるのだけど。思い悩んだ末に、ぽつりと声を出した。

「はい。でも、もう少しでちゃんと覚悟ができそうだから。もう少しだけ……」

「あぁ。分かった。ならもっと慣らしていこう。キスだけじゃなくて触れられることにも」

「え？」

首をかしげたときには「そうしよう」ともう決まったように言っている。

慣らすってなんだろう、と思いつつも、私が勇気を出して言えば彼はなんでも分かってくれるのが嬉しかった。真面目で、ちょっと変な部分もあるけど。

そっと彼の頬に手を触れた。そして、自分から彼にキスをした。
それからの私たちは、本当に家ではずっとくっついているようになった。

五章　彼の一番大事な病院×彼女の一番を守ること

玄関ドアの開く音。それに犬みたいに反応して、走って行ってしまう。

飛びつくような勢いで「おかえりなさい！」と言った私に、玲志さんが少し驚いた顔をしたあと吹き出した。

「え？　ど、どうしたんですか？」

「昔飼ってたゴールデンレトリバー思い出した。ちょっと似てて」

「あ、ジャックですか？」

「……そうか。会っていたんだ」

彼が思い出したように微笑んだ。そして、いつも通りキスを交わして、私をひょい、と抱き上げる。

リビングのソファまで連れていかれると、玲志さんはジャケットを脱ぐより先、またキスを落とす。このところ、帰ってきてすぐキスして、それからこうしてリビングでまたキスをする。

ジャケットを脱ぐより前だと、少しがっついているように思えてドキドキさせられるし、脱いでネクタイを取ったあとに少し見えるのどぼとけのセクシーさにも結局ドキドキさせられる。

何度かキスを交わして、彼と額を合わせて笑い合った。

「ジャックと会った日、玲志さんはもう病院に勤めていて、眠そうな顔でしたね」

「はは。まだ寝不足に慣れてなかったんだ」

「そんな玲志さんが突然、『犬好き？』って聞いてくるんだもん。驚きました。ジャックはもう老犬だったけど、大事に育てられたんだろうって分かりました」

私が中校生の頃、母が亡くなって引き取られた親戚の家にはずっとうまく馴染めなくて……。でも、もう母がいなかったから病院に来る用事もなくて、引き取ってくれたおじさんやおばさんにももう病院の方にはいかないように言われてた。

なのに、高校生になったある日、ぼんやりしてたら結局病院のある駅まで来てしまっていた。

駅にいたら玲志さんに見つかったのだ。

彼はなにも聞かなかった。ただ、『犬好き？』って聞いてくれて頷いた私を自宅に誘ってくれた。迷ったけど彼についていってジャックに出会った。

その日、志野さんが自宅にいて、泣きそうな顔で喜んでくれたのは今でも覚えてる。

玲志さんは思い出したように加えた。

「ジャックって名前、有名な漫画の医者の名前から名付けたんだよね。俺がまだ小さい頃で、たまたま友だちに借りた漫画に触発されて。父さんは微妙な顔してた。昔は意味が分からなかったけど大人になって意味が分かったよ」

「ふふっ」

笑う私の髪を彼はそっと撫でる。見上げた私の唇に彼のそれが重なった。

「んんっ」

強引なキス。どんなキスでも、結局ゆっくり瞼を閉じてる。腕を彼の背中に回すと、同じように背中に腕を回され強く抱きしめられる。

「あのとき、遥日は俺以上に青い顔してた」

「……そうでした？」

「遥日は話してくれなかったけど、なにか嫌なことがあったんじゃないか？」

言われて慌てて首を横に振る。

「いえ。本当によくしてくれました。急にこんな大きな娘を引き取るなんて迷惑だっただろうに、母が亡くなったあとの手続きも全部してくれて、感謝してもしきれないくらい」

――お前みたいな愛想もなにもない子、本心から引き取りたいだなんて思う人間は誰もいない。だからうちで仕方なく引き取ってやったんだ。ちゃんと感謝して店も毎日手伝うように。私たちにも周りにも、迷惑だけはかけないでくれ。

引き取られた日、会った覚えもなかった母の遠縁の親戚にはっきりと言われた。でも納得した。その通りだと思ったから。

ずっと家には馴染めなかったけど、決して乱暴な扱いを受けたわけじゃなかった。生活に必要な金銭は出してくれて、衣食住には困らなかった。店の手伝いのおかげでお客さんの前では笑えるし、話せるようになった。唯一黒瀬総合病院にいくことだけは禁止されたけど、生きていくには十分だった。

なのに私が母や父がいたときの生活を思い出しては、勝手に寂しく思っていただけ。

「自宅に伺ったとき、志野さんがすごく喜んでくれて、ホッとしたっていうか……すごく嬉しかったです」

「あぁ、本当に喜んでたな」

克己先生と志野さんがいつも見せてくれる笑顔を思い出してつい笑ってしまう。玲志さんは目を細めて私を見ていた。

次の日は土曜で私はお休みだったけど、玲志さんは朝から病院に出かけた。

意気込んで掃除をはじめ、汗だくになった頃インターホンが鳴った。

玄関ドアを開けると、笑顔で志野さんが立っている。ふいに昨夜の話が思い出された。私は両親を失ったけど、こうして気にかけてくれる人がいて、決して不幸だったわけじゃない。

「差し入れ。アイス好き？」

「嬉しい！　大好きです！」

「さっき変な顔しなかった？　もしかして……私ウザい!?」

「まさか！　すごく嬉しかっただけです」

言うと、志野さんは本当に嬉しそうに目を細めた。やっぱり笑顔まで彼に似てる。

コーヒーを淹れ、早速二人でアイスを頬張った。

「遥日ちゃんのフレーバーはダブルレアチーズベリーケーキ。好き？」

「大好きです！　チョイスが完璧です」

志野さんは分かっていたように笑う。どうして好きなものが分かるんだろう。まるで本当の母親みたいだ。

「さっき克己さんの着替えを渡しに病院に寄ってきたんだけど、玲志の雰囲気がこれまでと全然違ったわぁ。笑顔なんて見せてて寒気しちゃった」

「寒気って」

「藤堂ちゃんに聞いたら『結婚してから顔の緩み具合は日増しにひどくなってます。でもスタッフにも患者さんにも好評なんですよねぇ』ですって」

言いながら志野さんが愉しそうに笑う。

「玲志さん、本当に忙しそうにしてます。帰ってきても数時間ですぐ行っちゃう方が多いし」

「でも帰ってはくるのねぇ。分かるわ、待ってるの遥日ちゃんだもん」

「そうなら嬉しいんですけど、無理していないか心配です」

「あの子に無理なんてないわよぉ。体力なんて無限にあるからこき使ってやりなさい」

「だめですよっ。ゆっくりしてほしい。しっかり休むのも大事ですから」

「遥日ちゃんのために無理するのは喜んでやると思うけどね。私だってそう」

志野さんはそんなふうにサラリと言った。慌てて手を振る。

「そんな、私のためになにかしてもらうなんて、もったいなさすぎます」

「どうしてそんなふうに思っちゃうのかしら。あなたは大事にされて幸せになっていいのよ。っていうかならなきゃ。そうじゃなきゃ、私も克己さんも、それに里華も日高さんも許さないわ」

なんだか母に言われたような気がして、思わず頷いてしまう。

志野さんは安堵した笑みをこぼし、続けた。

「本当は里華が亡くなったとき、私が遥日ちゃんを引き取りたくて、色々整理してから遥日ちゃんの親戚に話をしたのよ」

「そう……だったんですか」

「でも親戚の方に『うちで育てるので他人は黙っていてくれ』って断られたの。実際手続きは済んでいたし、いくら私が来てほしいって言っても、遠縁でも親戚の方が優先されちゃうわよね」

私が親戚から聞いていたのは、私は誰も引き取り手がなかったこと、そして親戚のものだけが未成年を引き取れるということ。周囲が同情から引き取りたいと言っても、親戚以外が引き取るのは難しく、相手に大きく迷惑がかかる、ということだった。

なんでそんな話をしたのか当時は分からなかったけど、志野さんが申し出てくれていたからかもしれない。

まさかあの頃の自分をそんなふうに考えてくれていた人がいたなんて、驚いたし、嬉しかった。

「それでも遥日ちゃんはちゃんと自分で自分の道を歩いてきた。それで玲志と結婚してくれて、本当の娘になってくれて、私は嬉しくて……」

志野さんがボロッと涙を流す。私は慌ててハンカチを探って渡した。

ゴシゴシ涙を拭って志野さんは微笑む。

「ありがとう。だからね、もう我慢が当たり前なんて思っちゃだめよ。ワガママだってバンバン言って。玲志だっていいし、もちろん克己さんだって、私だって待ってる」

もう十分すぎるくらいの状況なのに、ワガママなんて出てこないんじゃないかな。しかも私は玲志さんを騙したままでいる。思い出すとまた罪悪感が胸に沈んだ。

夜、玲志さんは私が寝るまで帰ってこなかったけど、なんだか抱きしめられている安心感に包まれながら眠った。そして朝目覚めたら本当に彼に抱きしめられていた。

驚いて見ていると、すぐに彼の目が開く。

「おはよう」

「すみません、起こしちゃいました？」

「いや、早朝に帰ってきて今までぐっすり寝てたから自然に起きただけ」

「本当に？」

疑り深く彼の顔を見る。確かにいつもより顔色もいい。あまりに短い睡眠時間に不安になるけど、彼は「俺の場合は量より質なんだ」と真面目に分析していた。

（ぐっすり眠れたならいいけど）

じいっと見つめていると、それに気づいた彼は目を細めて私の髪を撫でる。

「遥日は次の土曜も休み？」

「はい」

「その日、旅行にいこうか」

「えっ」

驚いてガバリと起き上がってしまった。

「いいんですか!? あ、でも無理しなくても」

「無理じゃなくてね。いきたいんだ。近場にはなると思うけど」

そう言って嬉しそうに彼は微笑む。

（本当にいいんだ。旅行にいける）

恥ずかしくて玲志さんにも誰にも言ってないけど、旅行は私にとって特別なものだ。

実は小学校の修学旅行しか旅行という旅行はいってない。中高の修学旅行は手伝いをしてたお店の都合もあって休むほかなかったし、両親が生きてたときも父が入院していて旅行らしい旅行はした試しがないのだ。

「どこですか？　私もできることってありますか？」

「たぶん千葉(ちば)の方になると思う。遥日は楽しみにして、あと泊まれる用意だけしておいて。新婚旅行もいけてなかっただろ。長期の旅行は落ち着いたらいくとして、まずはその第一弾とでも」

「は、はい」

コクンと頷いてから、頭の中で色々妄想してしまっていた。

(新婚旅行の第一弾って……)

新婚らしいことをするんじゃないかってどうしても考えてしまう。いつもだったら、オンコールもあるし、ゆっくり二人の時間を確保するのも難しいから。

悶々としている私を見て、玲志さんがクスリと笑う。

「あ、もしかして変な想像した？」

(なんで分かったの!?)

ついしどろもどろで視線をうろつかせてしまった。

「あぁ。その想像は正解だから、来週の土曜までたっぷり想像しておいてね」

意地悪に告げられる言葉に、ボッと顔が熱くなった。


「玲志先生、来週土日休み取ってるの珍しくてみんな驚いてたわ。もしかして旅行？」

次の日、昼の食堂で彼の休みは早速話題になっていた。

（恥ずかしいけど、夫婦なんだし、堂々と旅行してもいいんだよね？）

少し悩んで、首を縦に振る。嬉しそうに藤堂さんが目を細めた。

「あらぁ。それはしっかり休まないとね」

「一泊だけじゃなくて七泊くらいとって海外でもいってきたらいいのに」

鳴本さんが言う。

「玲志先生も病院が心配だろうし、私もあまり遠くは。飛行機も怖いですし」

「ま、落ち着いたらいつでもいけるわよ。二人で過ごすのが目的なんだから別にどこでもいいのよね」

そもそも一泊でもこんなに緊張するのに、七泊なんて一緒にいたら心臓が持たない。

「旅行どうしましょう。落ち着かない！」

「なに言ってるのよ、夫婦なのに。行先は決まってるの？」

「千葉の方としか聞いてなくて」

「もしかして——」

藤堂さんはなにか思い当たる顔をした。私が首をかしげると、誤魔化すように続ける。

「いや、玲志先生も仕事ばかりだし、なかなかゆっくり過ごせなかったからちょうどいいわね」

「そうなんです。しかも朝までいるって最初から分かってるのははじめてで」

「考えてみたらすごい夫婦よねぇ。子作りに精を出そうとしても途中で呼び出されるんだもん」

鳴本さんがさらりと言った。みんな当たり前のように頷いている。

その反応がすごく恥ずかしいのに、玲志さんと結婚するなら、当然、子作りも含めてのものなんだと改めて思わされた。

「病院の後継ぎの玲志先生との結婚だもん。そこももちろん含めてでしょう」

「そうですね。それはあると思いますが……」

玲志さんも子どもが欲しいって言ってたし、子どもとこの結婚が切り離せないのは確かみたいだ。

（そもそもあの日、一夜の過ちと勘違いしただけでプロポーズされたのも、子どもができてる可能性と責任を、玲志さんが感じたところが大きな原因だもんね）

鳴本さんは言った。

「玲志先生、以前、後継ぎはまだかって病院長にせっつかれてたのよ。『まだ結婚しないのか、子どものことも考えて早く』って話してるのを聞いた覚えがあるから」

藤堂さんも頷く。

「まぁ、期待はされてるでしょうね。玲志先生、真面目だから期待に応えないととは思っているだろうし」

「確かに」

私はそれをぼんやり聞いていた。

私も黒瀬総合病院が続いていくのに、役に立てるなら嬉しい。たぶん以前なら飛び上がって喜んでいたと思う。

なのに――。

（なんで今はこんなにモヤモヤしちゃうんだろう？）

藤堂さんは嬉しそうに目を細めて、

「後継ぎ云々は置いておいても、二人の子どもなら可愛いでしょうね」

と言った。そしてトレーを持って立ち上がる。

「よし、そろそろ午後のオペの術前カンファレンスよ」

食堂の出口で別れ、私も受付に歩きだす。歩きながら、私は不思議な今の感情の原因を考えていた。

玲志さんの子どもなら私も欲しいと思っている。もちろん病院の後継ぎになる可能性があるならそれも嬉しい。

でも、このモヤモヤした気持ちは――彼の子どもが欲しい気持ちの『一番』が病院の後継ぎにあること。

「子どもが欲しいってやっぱりそういう意味だよね。当たり前なんだけど、なんでかな、ショック」

（こんな感情、はじめて……）

玲志さんと結婚してからなにかが少しずつ変わってる。今までになかったなにかが。

「あのーすみません」

男性の声に顔を上げた。見てみると白髪の男性がパジャマ姿で立っている。

「はいっ。あれ、中衛さん？　どうされました？」

そう言って見上げた中衛さんに、違和感を覚えた。

玲志さんが帰ってきたのは九時頃だった。昼に考えたことを思い出して、なんとなく顔が見れないまま彼を迎える。

「おかえりなさい」

「ただいま」

頬に大きな手が添えられ、そのまま顎に移動して持ち上げられた。ちゅ、と一度キスされて、一瞬離れたのに、また二回キスされる。そっと唇が離れた。ふいに見せた嬉しそうな彼の笑顔に絆される。

毎日こうしてキスをするたびに、どんどん好きになって、この気持ちは本当に底がないんだと知らされてる。大事にされてるのも感じる。彼の心の真ん中に自分がいるんじゃないかと錯覚させられる。

だからだろう、玲志さんが病院第一で後継ぎを望んでいると思ったときに、心が痛んでしまったのは。

子どもに関する責任感がなければこの結婚自体なかったはず。なのに自分勝手にショックを受けていたのだ。

「今日、大丈夫だった？」

突然聞かれて戸惑った。

(まさか後継ぎの話？)

「え？　な、なにがですか？」

「認知症の患者さん、ご自宅抜け出して間違って病院まで来ちゃったたって聞いた」

言われて、そっちの話かとホッとした。

昼休憩のあと、外科の外来がはじまるより前に受付にやって来た中衛さんは以前脳梗塞を患い、脳外科に入院していた患者さんだった。回復したあと、自宅に戻っていた。

「二年も前の患者のこと、よく覚えてたな」

「これまでの患者さんは覚えてますよ。亡くなってしまった方もみんな」

外科系統の患者さんだけだけど、私が病院に入ってから今までいた患者さんは全員覚えていた。街中で元気そうに歩いてる姿を見かけると勝手に顔が綻んだ。

(自分が治したわけじゃないのに、勝手に喜んでるなんて変だよね？)

そう思って、なんだか恥ずかしくなってしまった。しかし、彼は真面目な顔で言う。

「遥日は、すごいな」

「えっ、まさか。むしろ私だけがずっと覚えていて恥ずかしいくらいです」

私は黒瀬総合病院で患者の家族としても長年お世話になっていたからか、来る患者さんにもつい感情移入しすぎてしまってみんな覚えてしまってるだけ。患者さんの方はもちろん私の顔なんて覚えていない。それなのに私だけがずっと覚えててまるでストーカーだと思う。

玲志さんは眉を下げて寂しそうに微笑んで言う。

「俺は正直、顔を覚える間もないままだった患者さんも多い。今朝亡くなった方だって、救急搬送されてきて名前なんて覚えられなかった。自分はまだ一人一人に真摯に向き合えていないんだと思うときも多い」

救急は処置する間もなく亡くなる方も多い。

そこで私の母も救急搬送されて亡くなった過去も思い出した。

この病院だったから知ってる人も多かったけど、知らない病院なら医師は亡くなったあと、顔も覚えてなかっただろうと思う。それに家族としても批判めいた感情はない。

「仕方ないですよ。次々患者さんはいらっしゃいますし、玲志さんは目の前の命に責任を持たなきゃいけない立場なんですから余計です」

（病院を支えるってきっと私が思う以上に大変なんだろうな）

どうすれば、なにもない私が彼の支えになれるんだろう。支えたいなんて考えはおこがましいと思いながら、なにもせずにはいられなくて、思わず彼を抱きしめていた。

彼は抱きしめ返してくれる。

気づいたら唇が重なっていた。そっと唇が離れるなり、先ほど自分が偉そうに言ってしまって恥ずかしくなってきた。

「って私、偉そうに言いましたね。すみません」

「いや、ありがとう」

玲志さんが微笑んでくれてホッとした。

しかし、突然、彼は真面目な顔になって私に言う。

「でも遥日ってすぐに謝らなくていい場面で謝るよね。それ、そろそろやめようか？」

「え？」

「今日から俺に謝るたびに、罰ゲームにしよう」

彼は真面目くさった顔で顎に手を当てた。

（そんな真面目な顔で言われる罰ゲームが恐ろしすぎる！）

「痛いのは、ちょっと！」

「俺が遥日にそんなふうにすると思う？」

ふっと微笑まれて頬を撫でられる。そしてはっきりと言った。

「じゃ、今日は遥日からキスして。ちゃんと舌も入れること」

「ふぁ⁉」

思わぬ方向からの言葉に顔がみるみる熱くなっていく。彼は真面目な顔のまま目を閉じた。

（もうしろって⁉）

目を瞑っている端整な顔をじっと見つめる。やっぱり冗談なんかじゃなかった空気が漂っている。

（どうしよう、やらなきゃいけないよね。っていうか急に決まってすぐ適用されるのちょっと狡くないですか？）

考えていると、彼が目を開いた。

「遥日？」

「はいっ、すみません！」

言ってしまって、ハッと自分の口を手でふさぐ。くす、と笑った気配がして、ほら、とまた彼は目を瞑った。

もう聞いてなかったと言い逃れはできない。

意を決して、彼の両肩に手を置く。ゆっくり顔を近づけるたびに、心臓の音がどんどん大きくなる。

そっと唇をつける。キスし返してくれなくて、もう一度唇をくっつけて離した。

「それだけじゃないでしょ？」

追い詰めるように言われて、ぎゅっと目を閉じるともう一度唇をつける。おずおずと舌を差し込んで彼の舌を探る。

一度絡ませ、すごく恥ずかしくなってきて舌を引っ込めようとしたとき――。

「ふうっ……！」

舌を絡められ、強く吸われる。息もできないほど濃厚なキスが続く。

激しすぎるキスが苦しい。なのに彼の肩に置いていた両手を彼の頭に回していた。

くらくらしたとき、そっと唇が離れる。二人の唇を銀糸が繋いでいて、それをぼうっと見ていた。

彼は優しく私の頭を撫でる。

「もう、謝るのはナシにしよう。俺たちは夫婦だ」

「……はい」

言われて、私はいつの間にか謝るのが癖になっていたと気づいた。

中学高校と親戚の顔色を窺って、相手の眉がちょっと寄っただけですぐに謝る癖がついた。病院に勤めだしてからは、ずいぶんそれも減っていると思っていたけど、嫌われたくない相手には特にそうしてしまうみたいだ。

玲志さんは優しく髪を撫でる。

「ま、俺に謝りたいならそれはそれでいいけど、今度謝ったらもっとすごいことしてもらうから覚悟しておいて」

「え……」

背中に冷たい汗が流れた私を見て、玲志さんは愉しそうに笑った。私はもう嫌な予感しかせず、これからは気を付けようと心に誓っていた。

彼は私の手をそっと取る。

「あと、遥日。子どものことはちゃんと考えてくれてる?」

突然問われて慌ててしまう。

「は、はい」

「急かしてるつもりはないけど、やっぱり俺は遥日との子どもが欲しいと思ってる」

「はい」

（後継者の話もあるもんね）

納得して彼を見つめた。

「それは分かってるつもりです」

言うと玲志さんは微笑んだ。背中に腕を回しながらさらにキスをする。

「ちょっと、待って。……ん」

「キスは好き？」

「はい」

「遥日の好きなことをもっと教えて」

彼は言いながらまたキスをする。次は舌が入り込んできた。口の中を全部奪うようにしたあと、互いに舌を絡め合う。息ができなくなるけど、もっとしたくてつい自分から追うようにキスをしていた。

「これも好き？」

「最初は苦しかったのに、最近は少し、気持ちいいです。ふぁっ」

言い終わらない間にまたキスをされる。何度もキスして、間に指先が首筋を滑る。

身体が小さく震えて、怖くて手を伸ばすとその手を握られた。

慣らすように手が優しく首筋や脚を撫でる。合間、再度唇にキスした玲志さんが困ったように言った。

「遥日の小さな頃から知ってるからか、すごく悪いことをしてる気分になるな」

彼ももっと悪い人になってくれたらいいのに。玲志さんが真面目すぎるから、彼を騙し続けているひどい自分はその対比で苦しくなるときもある。思わず背中のシャツをきゅっと掴んでいた。

「玲志さん、もっと悪くなって」

私は嘘つきで悪い大人だから、彼ももっと悪くなってくれればいい。

玲志さんは「もう十分悪い大人だと思うよ」と肩をすくめて笑って、それからもう一度私にキスをした。

深夜、髪を撫でられている感覚がして、そっと目を開けると玲志さんが私を見つめて本当に髪を撫でていた。

「すまない、起こした？」

「まだ起きてたんですか？」

「遥日の寝言が可愛くてずっと聞いてた」

「え……」

「俺の名前呼んでた」

（なにそれ、めちゃくちゃ恥ずかしい！）

夢の内容は覚えてないけど、きっと玲志さんに関する夢だから本当に呼んでそうだ。

「いやっ。まさか。……え？　本当ですか？」

「いや、嘘。ただの願望かな」

「なっ！　そんな訳の分からないこと言ってないで早く寝てください」

「せっかく一緒にいられる時間だから、もったいなくて。ずっと見ていたいんだ」

「とにかく寝てくださいって！」

ぼふん、と彼を無理やりベッドに押し付けてブランケットをかける。

「分かった分かった。寝るよ」

諦めたようにクスクス玲志さんは笑う。笑ってないで早く寝なさい、と自分もベッドにもぐって目を閉じる。

そっと瞼にキスが落ちる感触がした。

「好きだよ、遥日。おやすみ」

彼が毎日囁くから。私はどんどん彼に嵌まっていく。彼しか見えなくなる。

——ただまっすぐだった昔の私みたいに。

＊＊＊

優しい声のせいか。本当に久しぶりに昔の夢を見た。ほとんど覚えてない頃。それでも時折、同じ場面を繰り返し夢に見る。

昔の記憶はいつも黒瀬総合病院。私が思い出す風景はいつも病院の中だ。

「れいしくん、おそい！」

六歳の頃の私が飛びついたのは、高校生だった玲志さんだった。

ちょうど彼が来るんじゃないかと病院の入り口で張っていた。

あぁそういえばそんな感じだったなぁ、と夢を俯瞰して思っていた。

「遥日。今日もこんなところで待ってたの？　病室にいればよかったのに」

彼の言葉に、私はぶんぶんと首を横に振る。

おいで、と手を出されるとその手を握り締めた。小さな私の手には、あのときからずっと大きな手。

歩いて五階に向かう。今も同じ外科全般、そして脳外科のあるフロアだ。

部屋に着く前にはもう我慢できなくて幼い私は口を開いた。

「さっきのだれ？」

気になっていたのは、さっき病院の入り口で彼と別れていた女の子。

同じ学校の制服だったのは分かっていた。見たのは二回目だった。

「えっと……ほら、遥日、着いたよ」

彼が病室の扉を開く。だけど私は頬を膨らませて彼を見ていた。

「さっきの女の子、〝かのじょ〟なの？」

「彼女なんて言葉よく知ってるね」

「はぐらかした。ほんとうにかのじょなの？」

「違う違う。ただのクラスメイトだよ」

「あやしい」

真意を見極めるため、じーっと彼の目を見つめる。困ったように笑った顔は昔から変わらない。

そのとき、病室の奥から笑い声が聞こえた。

「ハハハ、まるで浮気を疑われてる夫だな」

「笑い事じゃないですけど。日高さん、どうにか言ってくださいよ」

彼の視線の先。そこにいたのは父だ。

久しぶりに会った気がした。母がいた頃は母も父についてよく語ってくれたけど、母が亡くなってからは寂しくなるだけだからできるだけ思い出さないようにしていた。

そうだ、こんなに優しい笑顔の父だったんだ。少し克己先生に似ていると思った。

＊＊＊

「どうしたの？　大丈夫？」

どこからか声が聞こえる。

愛しい声。この声を聞いていると、嬉しくて幸せなのに時々昔を思い出して切なくなる。顔を上げて目の前の人を見つめる。

「……玲志くん」

「え？」

「あ、ご、ごめんなさい。なんだか夢で呼んでて」

「嬉しい。それ、久しぶりだな、もっと呼んで」

玲志さんは目を細めて微笑んだ。

「いや、本当に寝ぼけただけです」

彼は私の頬を大きな手で包んだ。唇が重なる。

「遥日」

あのときと同じように玲志さんが名前を呼んでくれる。最初芦沢さんって呼ばれるのがなんだか切なかったのは、昔は名前で呼んでくれていたからなのかもしれない。

ずっとこうして名前で呼ばれたかったんだ。あの頃みたいに——。

彼は私に再度キスをする。何度もキスを降らせて、そのうち止まらなくなる。

気づいたらいつの間にか舌が絡まっていた。息をするのも苦しくて、ふぁ、と合間に熱い息が漏れる。

「生理は終わった？」

突然聞かれて心臓が跳ねる。でも、素直に答えていた。

「はい」

「そう」

玲志さんは私のパジャマに手をかけて、一つ一つボタンをゆっくり外していった。

驚いたけど、私もやめてとは言ってなかった。

彼はそんな私の様子を見て、満足げに目を細める。なんだか恥ずかしくて視線を外す。窓から光が差し込みはじめていた。

「あ、もう朝ですっ。こういうのは普通夜じゃ」

「時間は関係ない。今日はもうちょっと触れられるのに慣れよう。チャンスは逃すものじゃないからな」

「チャンスって」

玲志さんは意地悪に笑う。幼い自分の恋心も思い出して、ドキドキして止まらなくなっていた。怖いのに先を知りたい気持ちが混じる。

「んっ……」

また唇が重なる。彼の手が素肌を滑る。唇が首筋に埋まる。身体が何度かビクンッと跳ねる。それを見た彼が嬉しそうに微笑む。さらに開かれた素肌に唇が触れる。くすぐったくて少し気持ちいい。

「大丈夫。遥日が怖いなら、最後まではしないから」

安心させるような声が降ってくる。頷いてそっと目を瞑った。

そのとき――。

聞きなれた音が耳に届いた。

「玲志さん、で、電話ですっ」

病院からの電話だ。慌てて言うと、彼はすぐに電話を取る。安堵したけど、少しのいたから。

がっかり感もあった。彼とキスをするたび、優しく触れられるたび、怖さは薄らいでいたから。

ふいに彼の方を見ると、彼は電話口で唇をかんでいた。

「分かった、すぐいく」

いつもと違う様子に玲志さんの顔を見ると、彼は私の方を向く。

少し悩んだあと彼は慎重に口を開いた。

「蒼くんのオペ、遥日はお母さんに付き添うって言ってただろ。すまない、たぶん今から蒼くんの緊急オペになると思う」

「え……」

「先にいく」

「は、はいっ」

素早く着替える彼を尻目に、私は玄関に向かい靴を準備する。その後キッチンに走った。すぐに着替えた彼が玄関に走って、私も玄関まで走って冷たい水を渡した。

「これ、眠気覚ましに飲んでください」

「あぁ、ありがと」

玲志さんを見つめる。彼は困ったように言った。

「そんな心配そうな顔をしないでくれ」

「でも……」

「やれることは全部するから」

「お願いします。いってらっしゃい」

彼の後ろ姿を見送り、私も慌てて服を着替えた。

私が着いた頃には、家族待合室で真希さんが一人、拳を握り締めて座っていた。

「真希さん！」

顔を上げた真希さんは泣きそうな顔をしていた。すぐに真希さんの隣に走る。

「今、病院長先生も玲志先生も来てくれてオペに入った」

言いながら真希さんの手は震えてて、思わず彼女の手を強く握った。

「あの、よければ一緒にいさせてください」

こくん、と真希さんが頷く。不安が肌からピリピリ伝わってくるようだった。

真希さんの隣に腰を下ろす。先は長いので、コーヒーでも買ってきた方がいいなと思って動きかけたとき、真希さんは口を開いた。

「昨日、ケンカしたのよ。今回の手術が終わったら回復して学校も行けるのに、蒼ったら『ずっとこれが終わったらって言われてきたけど、ぜんぜん治らない。嘘つき！』って怒って、言い争いみたいになったの。考えてみたら蒼だって怖かったのよね。蒼がもしこのまま……」

手が震えていた。また強く握る。

「大丈夫です」

大丈夫だと医師は軽々しく口に出せない。それは亡くなる患者も多い脳外科の医師なら特にだ。だけど、その言葉が欲しい人だっている。

今思えば、だからきっと父は大丈夫、治るよと最後まで言い続けたのだろう。

あのとき私はそう言ってほしかった。

「蒼くんは、大丈夫」

他になにも気の利いた言葉は言えなくて、真希さんの手を握ってそればかりを繰り返していた。

もうすっかり日は昇って、昼も過ぎた。途中で一度休みの連絡を入れにいくと、突然だったのにもともと休みだった各科の受付のスタッフさんたちが代わってくれた。

何度も謝る私に、「これまで四年、いつも笑顔で代わってくれたのに、人に頼んだことはなかったよね。頼ってもらえて嬉しい」と言われた。

蒼くんのオペは時間にして十一時間。やっとオペが終わったようで、術後管理室前に真希さんと移動する。最初に克己先生が来てくれて、駆け寄った真希さんに先生は告げた。

「お母さん、なんとか出血部を抑えました。一緒に予定していたオペもして、問題なく終わりましたよ」

ほっとした真希さんが崩れ落ちるようになって、慌てて支えた。

「これで目が覚めてくれれば安心です。ただ目が覚めるかどうかが問題で……。とにかく蒼くんの生きる力を信じましょう」

「はい。先生、ありがとうございました」

真希さんが重い口調で頷いて頭を下げる。

続いて玲志さんが藤堂さんたちと蒼くんをベッドにのせて術後管理室に入っていった。蒼くんはベッドの上で目を瞑ったまま。頭にも身体にもたくさんのチューブをつけていた。ふいに自分の父の姿と被(かぶ)って立ちすくんでしまった。

病室に移ってからも、蒼くんはなかなか目覚めなかった。

真希さんは心配で寝ずに付き添っていたし、お手洗いにいくときくらいしか蒼くんのそばを離れようとしない。真希さんも気になって私も終業後はいつも蒼くんの病室につきっきりになっていた。

朝、病室を出たところで、玲志さんが声をかけてくれる。

「遥日、ちゃんと寝てる？」

「はい」

言ってから唇をぎゅっとかむ。もう一つ気がかりがあった。

「あ、あの旅行のこと……」

「旅行、今回はやめておこう」

彼はさらりと言った。旅行はもう二日後に迫っていたのだ。

「すみません」

「行っても気になって集中できないだろ？　俺もそうだし」

分かっていたように優しく言われる。瞬間、私のために忙しい中で旅行まで考えてくれた彼に対して罪悪感が胸に占める。

「本当にすみません」

私が再度頭を下げると玲志さんが笑って私を引き寄せ、その腕の中に入れた。

久しぶりの腕の中は温かくて安堵した。ただ、早朝だったのもあって人はほとんど通らないけど、さすがに病院の廊下ではマズイ。状況に気づいて慌てた私を、彼は少ししてからゆっくり離すと頭を撫でた。

「ほらまた謝ってたからね、これは罰ゲーム」

玲志さんは意地悪に微笑んで言う。

(その話、まだ続いてましたか……!)

でもおかげで、自分が感じた罪悪感は少し軽くなっていた。

次の日の夜も、私も真希さんもベッドサイドで蒼くんの手を握っていた。深夜でウトウトしてたように思う。蒼くんの手がピクリと動いた。

「ママ、遥日?」

聞きたかった声に私たちは揃って顔を上げる。

「蒼……」

「目が覚めた!? 蒼くん!」

蒼くんが目を開き、こちらを見ている。私たちは泣きながら顔を見合わせた。

ナースコールで起きたことを知らせると飛んできてくれたのは玲志さんだった。

「蒼くん、分かるか?」

「うん」

「……よかった」

玲志さんが心底嬉しそうに微笑んでいて、私はその笑みを見て、心がぎゅう、と掴まれたように思った。

彼だって不安だったんだろう。

彼は患者さんに真摯に向き合えてないって言っていたけど、そんなことない。いつだって真剣で、だから手の抜きどころが分からない。たくさんの患者さんと、自分のできることとの狭間で悩んでいた彼の優しさを知って泣きそうになる。

朝になって病室から出た私の手を真希さんが握った。

すぐ克己先生も来て「目が覚めたらあとは回復も早いだろう」と言ってくれた。

「ありがとう遥日ちゃん」

「私はなにもしてないです」

「ううん。いてくれるだけで心強かった」

少しでも真希さんがそう思ってくれたなら嬉しい。

先生みたいに病気を治すことはできないけど、私の存在も少しは役に立つときもあるのかな。玲志さんに少しでも近づけた気がしたのも嬉しかった。

その朝、いつもよりかなり早かったけど着替えるためにロッカールームに向かっていた。途中、玲志さんに出会う。

「蒼くんの目が覚めて本当によかったです。玲志さんありがとうございました」

改めて頭を下げると、彼は目を細める。

彼の顔を見た瞬間、ただ思っていた。

――やっぱり私、玲志さんが好きだ。

やけにそれがはっきりと分かった。

そのとき、彼が私の腕をひっぱって、ロッカールームの横の休憩室に押し込んだ。入った途端に扉の鍵まで閉めて、ぎゅう、と抱きしめられる。

「あ、あの、玲志さん?」

「安心したらどっと疲れがきた」

「へ……?」

ずる、と玲志さんの膝が折れる。彼の体重が自分にかかって、それを支えきれずに私も一緒に座り込む。もたれかかってぐったりしている彼を見て慌てた。

「だ、大丈夫ですかっ!?」

「……だめかも」

「えぇっ！」

（なんてこと！）

玲志さんもいつも無理してるからもう限界だったのかもしれない。

妻なのになんで気づいてあげられなかったんだろう。いつも彼は飄々としてるから大丈夫だと思い込んでいた。自分のふがいなさに涙が出そう。

「大丈夫ですか？　先生呼んできます。内科かな。いや、病院長ですね！」

「待って」

動こうとした私の身体を引き寄せられ、もう一度抱きしめられる。抱きしめる腕にさらに力が入った。

「こうしてれば元気になるから」

「ふぁっ！」

座ったまま、立てた膝の間で抱きしめられていた。無理に顔を上げてみると、彼の顔は青くはなかった。それに……愉しそうに笑っているのだ。

（あれ？　これって体調が悪いとかじゃなくて——）

「も、もしかして騙しました⁉」

叫ぶ私を見て先生はこらえきれない、というようにハハッと声を出して笑う。

「やっぱり遥日はすぐ騙されるんだなぁ」

「先生ひどい！　私、本当に心配したんですよ！　こんな嘘ついて！」

（ただでさえ、ずっと心配し通しで、心臓がいくつあっても足りない状態なのに）

本気で怒ってる私の頭を、先生はぽんぽん、と優しく叩く。

「俺は遥日をこうして抱きしめていられるなら、嘘だっていくらでもつくよ。知らなかった？」

「う……なんですか、それ」

自分が玲志さんを騙していることを言われているようで、ドキンッと胸が跳ねた。

玲志さんは分かっていないみたいでからかうように笑う。

「でも廊下じゃ遥日は困るだろうし、部屋に入るまでは我慢したんだ」

「そんなの当たり前です」

むう、と頬を膨らませる。前に一度廊下で抱きしめられてしまったが、普通、そんな場面なんてスタッフも患者さんも見たくないはず。というか職場ではダメ。

「っていうか、ここでもだめですよ。病院長に言いつけますよ！」

私が怒っても彼は微笑んでるだけ。そして私の顎に手を添えて自分の方を向かせる。

ふわりと唇が重なった。

「んっ」

軽いキスだけで唇が離れる。彼の顔が間近に見える。久しぶりのキス。しかもこんな場所でキスなんてしてしまって、背徳感に胸が痛いくらいにドキドキと脈打っていた。そんな私に彼は意地悪な笑みを浮かべた。

「これで遥日も共犯だから、病院長には秘密な」

「なんですかそれ。勝手に共犯にしないでくださいよ」

そうは言っても心臓が苦しいくらいに大きな音を立て続けていた。

(なにこれ……)

今までよりさらに落ち着かない。でもこれだけは何度も伝えたかった。

「玲志さん、ありがとうございます」

私は蒼くんの目が覚めて、父の悲しい思い出が少し色を変えた気がしていた。

＊＊＊

蒼くんの容態が悪化したとき、頭の片隅には日高さんが亡くなったときの遥日の泣き顔が貼りついていた。

彼女の父親は、自分の余命がそう長くないと分かっていたはずで、治療だって辛いものも多いのに、いつだって愉しそうに笑っていて、嘘の上手な人だったと思う。亡くなる前の一か月ほどは、日高さんの容態は目に見えるほど悪くなっていったけど、俺や遥日が病室に顔を出すと、平気な顔をして笑っていた。

日高さんが亡くなったあと、遥日は病室でじっと日高さんを見つめていた。どう声をかけていいのか分からなかった。黙って立っていた父に、遥日は言う。

「せんせいは、なんでパパだけはなおしてくれなかったの？」

「遥日ちゃん、すまない」

「遥日！」

遥日に怒ったのは里華さんだった。

「パパはもともと一年も生きられるはずじゃなかったんだよ。それが先生やみんなのおかげで六年も生きられた」

実際にそうだった。治療しなければ半年ももたない。辛い治療を続けても五年生存率は10％と聞いていた。

「パパ、遥日がランドセル背負う姿を見るのが夢だった。パパの夢は叶ったの」

「はるひは、パパのゆめがかなってもぜんぜんうれしくないの！　パパになおってほしかったの！　パパなおるって言ったのに、パパのうそつき！」

叫ぶように言って遥日は病室を飛び出す。

「遥日！」

「俺が行きます！」

俺は遥日のあとを追った。遥日の足は速かったけど、所詮小学一年生。すぐに遥日に追いついた。

遥日は階段室の角で小さくなって座ってる。肩が震えてて泣いていると分かった。

「遥日」

「れいしくんだってなおるって言ってたのに！」

「……うん、ごめん」

そんな奇跡が起これぱどれだけよかったか。自分は希望を言うだけでなにもできなかった。だから遥日にどう声をかけていいのか分からなかった。

追ってくるように父が階段室に入ってきて、遥日の前に膝をつく。そして、深々と頭を下げた。

「遥日ちゃん、本当にすまなかった」

「せんせいもきらい！　うそつき！」

「うん。でもね、遥日ちゃんのパパに治るって言ったのは私なんだ。だから遥日ちゃんのパパは嘘つきなんかじゃないよ。私が最初に嘘をついたんだ」

それは嘘だ。日高さんは最初から知っていた。

父はよく医師は嘘つきでないといけないと言っていた。どんな人でも騙せるくらい大嘘つきでないと、医師になんてなれないと。

聞いたときはなぜか分からなかったけど、そのときになって患者の気持ちを守るためなんだろうと分かった。そうでないと残された人は前を向けないからだ。

父にとって日高さんは親友で、きっと俺が日高さんを思うより大切な存在だったはずなのに、父は凛としていた。

「だから、日高だけは許してあげてほしい」

それから遥日はわんわん泣いて、日高さんの葬儀が行われている間もずっと泣いていた。遥日の泣き声が会場中に響いていて、ほとんどの弔問客が涙をこらえきれなかったように思う。

最後、親族のいない遥日たちと一緒に骨上げまで同行した。それが里華さんの希望でもあったからだ。

小さくなった日高さんを胸に抱え、里華さんが父に頭を下げる。

「先生、ありがとうございました」

隣で遥日は泣きはらした顔をして、じっと父を見ていた。

そして少しして父の前まで歩いてくると、精一杯深く頭を下げた。

「ありがとう、せんせい」

俺はその日、父が泣いているのをはじめて目の当たりにした。

そして不思議とそこではじめて、自分が医師になる決意が固まったのだ。

六章　はじめての旅行×一緒にしたかったこと

目覚めてから二週間後、蒼くんは退院を迎えた。退院の日、誰よりも号泣した私を慰めたのは誰でもない蒼くん本人で、遅れて顔を出してくれた玲志さんには笑われた。

そしてその後、玲志さんが改めて宿を取り直してくれて、私たちは土日で旅行にいくことになった。

着いたのは千葉の海岸沿いにある宿。自宅から車で二時間もかからなかった。

三階建ての建物は大きく見えたけど客室数は十五もないと聞いて驚いた。

部屋は東の奥で、部屋を開けてもらうなり感嘆の声をあげる。部屋から見える景色は広い海。手前には、テラススペースに備え付けられている檜(ひのき)の露天風呂もある。

「すごい！　こんなところがあるんですね！」

「あぁ」

私はすごいすごい、と言いながら部屋を見てまわる。

十五畳ほどあろうかという和室で、奥の一段高いところに布団がベッドのように並ぶ。飛び込んでみたら布団のはずなのにふわふわだ。

クローゼットには浴衣が男女分三種類ずつ入っていて、仲居さんがサイズを聞いて用意してくれていたらしい。どれも可愛かったけど、三種類も着るのかな。全部着るのは難しそうだ。大きなテレビもあり、トイレまで和風で統一されていて、広い。想像上の旅行とか温泉が詰まってる感じ。

気づいたら玲志さんが私の横に来ていた。

「もう探索は終わった？」

「あ……すみません。つい」

仲居さんが「温泉ははじめてで？」と聞いてくれる。私は首を縦に振った。温泉だけじゃなくてプライベートな旅行もはじめてだ。

「ここ、私の想像してた温泉とか旅館とか全部詰まってて夢みたいな場所です！」

「それはよかった。ゆっくりなさってください」

私は嬉しくて何度も頷いていた。

それから玲志さんが海に誘ってくれて、二人で海岸を歩く。どこまでも青い海は息が詰まるくらい綺麗だった。

こんなところにいつか——。

「いつか家族が増えてもまた来たいな」

彼も私と同じことを考えていて、つい笑ってしまった。玲志さんは不思議そうな顔をしたけど、同じように笑って私の手を握る。彼の大きな手を握り返して、また来た道をゆっくり歩いて帰った。

部屋に戻るとき、彼が廊下の端を指さす。

「あと、ここね。卓球もあるんだ」

「え？」

(やってみたいな)

すぐに思ったけど、せっかくお休みの玲志さんには言えなかった。

「あとでする？」

「いいんですか？　疲れてません？」

「大丈夫。むしろ体力が余って困る。あとでやってみよう」

玲志さんは微笑む。なんでしたいって分かったんだろう。彼を見上げると彼は愛おしそうな目で私を見ていた。なんだか恥ずかしくなって視線を逸らす。

部屋に戻って、浴衣を手に取ってふと部屋の外を見た。

気になるけど、部屋の露天風呂に入る勇気は出ない。大浴場には大きな露天風呂もあると聞いて、そちらにいくことになった。

お風呂は三階の端にあって、男女で分かれていた。はじめて一人で入る大きなお風呂にドキドキしたけど、露天風呂は湯気もあって先が見えないほど広く感じ、見上げると透き通るような青い空。

こんな素敵な風景を彼も同じように見てると思うだけで幸せだった。

露天風呂から上がって部屋から持ってきてたグリーンの花柄の浴衣を着る。浴衣を着るのも、小学生のときに夏祭りで母に着せてもらって以来だ。

髪を乾かして簡単に結い、脱衣所から出ると、少し歩いた先の長椅子で浴衣姿の玲志さんが待っていてくれた。

浴衣姿の彼に思わず見惚(みと)れてしまう。厚い胸板も大きなのどぼとけも目に毒だ。

(男性なのにセクシーすぎる……)

お風呂上りの熱もあるので、鼻血を出さないように気を付けないと。とんでもないことを考えてる私を彼は優しく見つめ、口を開いた。

「似合ってるな」

「れ、れれれれ玲志さんも似合ってます。すごくセクシーで、あっ、違って！　違わないけど、かっこよくて！」

「ハハッ。ありがとう」

彼は愉しそうに笑いながら私の頭を軽く叩く。浴衣の袖から見える太い腕にも、触れてくる大きな手にも、なんだかずっとドキドキしっぱなしだった。

(だって急に思い出してしまったんだもん)

——あ、もしかして変な想像した？　その想像は正解だから、土曜までたっぷり想像しておいてね。

あのときの彼の言葉。

いつかそうなると分かっていたってはじめてで不安だし、どうしていいのか分からない。しかも彼は私をはじめてだとは思ってない。

(本当にこのましていいの？)

また騙し続けてきてしまった罪悪感が顔を出す。

「じゃ、しようか」

「えっ!?　もう!?　早すぎませんか!?」

慌てる私に彼はニイッと意地悪に口角を上げた。

「遥日、今、なに想像してた？」

「え」

「卓球だよ」

彼が指さした先には卓球ルーム。

「そ、そうですよねぇ！　わ、私だって卓球だと思ってましたよ！」

恥ずかしさから怒って返すと、彼は分かっていたように「遥日が想像したことはあとでゆっくりね」と微笑んで、さらに頬が熱くなった。

それから連れられ卓球をしたけど、全然――。

「玲志さん、強いっ。手加減してくださいよ！」

（全然勝てないんですけど！）

さっきから三ゲームしてるけど、私は全敗。玲志さんは汗ひとつかかず、愉しそうに笑っている。私だけすでに汗だくだ。でも負けられない戦いがここにはある。いや、負けてもいいんだけど。つい私はヒートアップしていたのだ。

「もう一勝負！」

「仕方ないな」

玲志さんはそう言いながらも四戦目も付き合ってくれる。十一対五で四戦目も負けたけど、今までより点も取れて、なにより楽しかった。汗を拭きながら笑って言う。

「楽しかったですねぇ」

「罰ゲームなににする？」

「こんなものにまで罰ゲームがあるんですか！」

（それなら先に教えておいてほしかった！）

青くなった私を見て、彼はまた愉しそうに笑っていた。嘘だよ、と彼は言い、私は怒ってみたものの結局まだ愉しそうに笑ってる彼の笑顔につられて笑ってしまう。

二人で部屋まで手を繋いで戻った。

「せっかくお風呂に入ったのに、汗かいちゃいました。っていうかなんで玲志さんは全然汗かいてないんですか」

「え？　だって走ってたのは遥日だけだから」

「…………」

彼の言う通り、私だけ右へ左へ振られ、翻弄され続けていた。

玲志さん、入らないって分かってるボールは拾わないし、どこに返しても腕ひとつで拾うんだもん。同じスポーツとは思えないくらいに、二人の動きには差があった。

しかも普段仕事ばかりしているくせに、卓球までうまいとかどうなの。

「私だって一回くらい玲志さんを翻弄したいです」

膨れた私を見て、彼は微笑んで言う。

「俺はいつも遥日に翻弄されてるけどな。遥日に俺だけを見てもらうのに必死なんだ」

　絶対そんなことないと思う。今日だって卓球だけじゃなくて、玲志さんの発言に私だけが翻弄されっぱなしじゃない。

　部屋に戻るなり、彼は私を見て言った。

「せっかくだから部屋のお風呂に入る？」

「え……」

（これって、誘われてる？　さすがに一緒にお風呂は無理！）

　ドキドキして、顔が熱くなりながらしどろもどろで答えた。

「それはハードルが高いというか」

「入っておいで。そのロールカーテンしたら見えないから」

「本当だ！」

　見てみるとお風呂の方からも部屋の方からもロールカーテンが下ろせるようになっている。下ろしたら見えないんだ。

（そうですよね！　そうだ、当たり前だ！　それに汗かいてるのは、私だけだもの！　一人で入るに決まってる！）

　焦っている私に真面目な顔で疑問を呈する声が降ってきた。

「どういう意味だと思ったんだ？」

「一緒に……」

「ん？」

小さく首をかしげて見られる。私だけが一緒に入ることを想像していたなんて恥ずかしくて口が裂けても言えない。

「違いますからっ。じゃ、お言葉に甘えて入ってきます！」

慌ててタオルと新しい浴衣を持ってロールカーテンを閉め、外に出る。

外の冷たい風が熱くなった頬を心地よく撫でた。目の前に、檜の露天風呂がある。

足から浸かるとトロリとした泉質が肌を心地よく包み込む。空を見上げる。暗くなった空に星と、そして月も見えた。大浴場の露天風呂とはまた違った景色。

「気持ちいい！　なにこれ、最高！」

緊張とか色々あったけど、考えてみたら旅行だって、こんな宿に来たのだって、温泉に浸かったのだって全部はじめてだ。

最初の経験を玲志さんとできて嬉しい。来られてよかった。全部彼のおかげだ。

お風呂から出ると、彼が目を細めてこちらを見ていた。なにか変だったかな、と不安になって浴衣の合わせや髪を確認してみる。

「どうしたんですか？」

「声、聞こえてた」

「あ……すみません」

さっきお風呂でつい大きな声が出てしまったんだ。玲志さんはクスクス笑いながら
「気持ちよくてよかった」と言っていた。

「でも、また謝ってるなぁ」

意地悪に言って、首筋を撫でる。驚いて肩をすくめても撫でた場所に、ちゅ、と強く口づけられた。

「これからの罰ゲームはこうしておこうね。俺のものってシルシ」

「えぇっ」

「大丈夫。普通の夫婦はみんなついてるから」

「本当ですか？」

彼を見上げると、彼は愉しそうに笑っていた。少しひりひりする首筋を手で覆って、優しく見つめてくる瞳にドキドキしていた。

夕食は部屋に用意され、所狭しとテーブルに並べられる。お刺身の姿造りだけでなく、和牛のカルパッチョや蒸し料理まで見たこともないお料理たちだ。

（絵本の竜宮城みたい）

「おいしそう！　夢みたいですね！　これなんだろう。いい匂いがする」

「これは和牛の柚香蒸しといって、柚子の香りを移す料理なんです。お魚料理でふるまわれることが多いのですが、和牛でもおいしいんですよ」

並べてくれた仲居さんが言う。

「へぇ……」

頷いているうちにビールをグラスについでくれて、二人で乾杯した。乾杯の声が揃ってつい微笑んでしまった。

「玲志さん、大丈夫ですか？　お酒、苦手ですよね」

「呑む機会が少ないだけで別に苦手ではないんだ」

「そうなんですね」

でも、最初の夜は前後不覚って感じだったけど。

（玲志さんはあの夜のこと、全然覚えてないのかな？）

少し不思議だけど、彼は妊娠している可能性を本気で考えていたようなので、いまだに思い出せていないのだろう。

私はお風呂上がりで先にビールから流し込んでしまったせいか、程よく緊張感もとけて、話もしやすくなっていた。

いつの間にか食事も進んで、すべてがすっかりお腹の中におさまる。仲居さんが素早く下げてくれて恐縮したけど、そんなところまで新鮮で嬉しかった。

最後に残してくれていた熱燗を二人で少しずつ呑む。

「玲志さんは家族で旅行に行きました？」

「家族旅行って感じではなかったけど、学会の帯同であちこち連れていってもらったことはあるな」

「へぇ、海外ですか」

「あぁ。ヨーロッパは大体。あと、アジアはいくつか。いい経験にはなったな」

「いつか行ってみたい」

「子ども連れて一緒に行けるといいな」

彼の言葉につい詰まってしまう。彼は素早く頭を下げた。

「すまない。急かすつもりはないけど、遥日といるとつい想像してしまうんだ」

困ったように眉を下げてふわりと笑う。

「遥日もだけど、俺も一人っ子だっただろ？　兄弟ってものに憧れて、自分の子どもはできるなら二人とか三人とか欲しいなとずっと思っていた」

その気持ちは分かる。頷いた私の目をじっと見て、彼は真面目な顔で言う。

「だけど遥日が決心もできてないときから無理やりどうこうしようだなんて思ってないから。想像しておいてなんて意地悪を言ったけど、無理はしないでいい。最初にあんなことをした俺が言うのもなんだけど……今度こそ遥日のペースでゆっくり進もう」

やっぱり玲志さん、私の嘘に騙されたまま。

なのに真面目に私との未来を考えてくれてるし、言葉も私への優しさであふれてる。

また罪悪感が私の胸を深く刺した。

私はどうしても玲志さんと一緒にいたくて嘘をついた。彼は後継ぎができている可能性を考えて結婚を決めた。

お互いそんな事情でもなかったら結婚なんてできなかった。

(玲志さんはやっぱり後継ぎが欲しいんだよね。はじめてで不安だなんて言ってる場合じゃない)

私は震える手で自分の浴衣の帯をほどく。ぎゅっと目を瞑って口を開いた。

「私のペースなんてだめですっ」

「……遥日？」

「わ、わわわわ私、大丈夫ですから。後継ぎが必要なんですよね!?　しましょう。こ、怖くなんてないですから！　私、玲志さんには感謝してもしきれないくらい色々助けていただいて、今日もこんな素敵な旅行に連れてきていただいて。なのに私にはなにも返せない。これくらいしか私にはできないからっ！　何人でも作りましょう！」

「なにを言ってるんだ!?」

慌てる玲志さんに抱き着いて、ぎゅっと目を瞑る。

自分の身体は情けなくも震えたまま。

（今になって分かった。私まだちゃんと覚悟できてないんだ。でも――）

「遥日、ちょっと待って」

玲志さんは私を抱きしめることなく、私の肩を持って自分に向き合わせる。そのまま抱かれるんだと思っていた私は、予想外の出来事に目を丸くして玲志さんを見た。

「病院のためにも子どもが必要なんですよね？」

「後継ぎができたとしてもそれは結果論だよ」

「でもこの結婚の目的が子どもでしょう？」

「結婚の目的が、子ども……？」

玲志さんが目を見開く。

「だって病院長から後継ぎを急かされてたんですよね？　だからあのとき、子どもができてる可能性を考えて結婚しようって言ってくれたんですよね？」

私がつい聞いてしまうと、玲志さんは顎に手を当てた。

「遥日自身が妊娠の可能性を考えたから、結婚を了承したんじゃないのか？」

（どういうことだろう。私？）

思わず彼を見上げる。

「わ、私は……玲志さんが好きだったから、ですよ」

そうじゃなければあんな嘘をつき通そうなんて思わない。

「それで、俺が結婚しようと言ったのは、後継ぎが必要だからだと思ってた、と」

「……え？　ち、違うんですか……？」

首をかしげた私に、玲志さんは「……はぁ」と全身の空気が抜け出ちゃいそうなほど大きなため息をついた。

「え？」

「それはショックかな……。まぁ、俺が悪いのか。そうだよな。遥日にとっては、あんな始まり方になっちゃったんだから。でも、ああでもしなきゃ遥日は結婚なんて頷いてはくれなかっただろうし」

「……どういう意味ですか」

「そうだな、たぶん一番の誤解はここだ」

玲志さんはきっぱり言って私をまっすぐ見る。

そして、言い聞かせるようにはっきり告げた。

「俺は遥日が好きだ。愛してる」

目が勝手に大きく開く。

真摯な言葉に心臓が跳ねて、ドキドキと脈打ちだす。

あのプロポーズのときも真剣に伝えてくれたけど、あのときとも少し違うように感じた。

ずっと一緒にいて、その言葉が前より素直に受け取れるようになっているからかもしれない。

「あの……」

「そんなに驚くことかな。今までも分かりやすく伝えてきたつもりだったけど。むしろ、好きだとか言われたとき、どういう気持ちで受け取ってたわけ」

「最初の日、私を抱いた罪悪感もあって優しさから言ってくれてる言葉だと……」

「はぁ……。遥日がそうやって自分の幸せから一歩引いてしまう性格だってことを考えているようで、考えきれてなかった。すまない」

玲志さんがまっすぐ深く頭を下げる。

それから顔を上げたと思うと、また口を開いた。

「これ、恥ずかしいから明言する気はなかったんだけどさ、やっぱり伝えておくべきだったね。俺は二年前にはもう遥日が好きだった」

「二年前⁉」

予想外の言葉に目をさらに見開く。

(え？　二年前って……)

結婚とかホテルとか関係ないくらいずいぶん前の話。

さらに私が玲志さんをもう一度好きになって、藤堂さんたちにファーストキスくらいできたらって話をしたよりも前だ。

「そんなに前？　そんなの全然気づかなかった」

「うん、遥日を含めて、誰にも気づかせるつもりはなかったよ」

「誰にも？」

別に病院内は恋愛禁止！　ってわけじゃなかった。付き合ってる人の話も耳にする。

でも玲志さんは経営者の立場になる人だし、コンプライアンス的にまずいと思ったのかもしれない。

そう思ったのがバレたのか、玲志さんは苦笑して口を開く。

「勘違いしないで。時期がきたらバレてもよかったんだ。むしろバラすつもりでいた。少なくとも最初は、先に認めてもらわないといけない人たちがいたってだけ」

「え？　人、たち？」

聞き返した私に玲志先生は肩をすくめた。

「父さんと日高さんだ」

「病院長とパパ？」

予想外の人たちの名が出てきて驚いた。

「俺が病院を継げるくらいの医師にならないと納得できない人たちなんだ。それでも納得できないのが俺の父だったけど。父は、遥日は医師以外と結婚してほしいと思っていたみたいだからね。あの人なりに遥日のことを考えた結果だと思うけれど、やきもきさせられたよ」

（どういうことだろう？）

首をかしげた私の頭を撫で、彼は続けた。

「とにかく二人に認められるまでは、遥日のアプローチに気づいても乗れなかった。なのに、なぜか遥日は俺を部屋に誘いだすし」

そういえば『コーヒーでも飲んでいきませんか？』って聞いていた。私は私なりに、あわよくばキスだけでもしたいって思ってたんだけど。

「あれさ、本当に困ったよ。しかも遥日は抱かれてもいいと考えて、俺を誘ってくれてたわけじゃなかっただろ？」

「あ、えっと……それは、そうかもしれないです」

実際全然考えてなかった。玲志さんがそんなことを考えるなんて夢にも思ってなかったし。

玲志さんは真面目な顔のまま口を開く。

「俺は一度でも遥日の誘いに乗ってしまうと、自分の性欲を制御できる自信がなかった。認められるまでって思いも全部投げ捨てて、本能のままに何度も抱いてしまうんだろうなって分かってたから」

「ぶっ……！」

思わず吹き出してしまった。

（そんな真面目な顔で言われても！）

言葉にならない私を置いて、彼は淡々と続ける。

「俺は遥日が好きだから結婚した。我慢し続けたのも遥日が大事だから。遥日を愛してるから、遥日との子どもが欲しいと思ってる。答えはシンプルなんだ。分かってくれる？」

色々驚くことはあったけど、玲志さんの話を聞いて納得してしまった。

（玲志さんはずっと私を好きでいてくれたんだ……）

小さく頷く。彼はそんな私を見て嬉しそうに破顔した。

「よかった……。そこを信じてもらえなければ、遥日は俺といても苦しくなるだけだろ？　俺はもう遥日のいない人生なんて考えられないからな」

真面目で真摯な玲志さんの言葉に心が動かされる。

そして心の中の罪悪感が大きくうごめきだす。

（どうして信じきれなかったのかというと、自分のせいでもあるんだ……）

私は自分のついた嘘が後ろめたかったから、玲志さんまで信じれられなくなってた。

彼はいつでもこうして私にまっすぐ向き合ってくれるのに。

（やっぱりこのままじゃだめだ）

気づいたら、ぼろ、と涙がこぼれていた。

「遥日？　怖がらせたかな……」

「ごめんなさい。違うの。私は自分が後ろめたかったから玲志さんの言葉をまっすぐ受け取れなかっただけだって分かったから」

言うなり、玲志さんが私の顔を見た。

「後ろめたかった？」

私はすっと息を吸って、覚悟を決めて息を吐く。

もうこんな嘘を抱えてるのは、嫌だった。

全部、彼には伝えたくなった。もう遅すぎるのかもしれないけど……。

「私、嘘をついてました」

「嘘？」

「克己先生の誕生日のパーティーでホテルに泊まった日の話です」

「あぁ」

静かに玲志さんが頷く。彼の顔が緊張し、それに合わせるように私まで緊張して、
ごく、と息を呑んでいた。

不安もあったけど、真実が口から伝う。

「実は私たち、あのときなにもしてないんです」

私が言うなり、玲志さんは目を見開いた。

胸がズキンと痛んだけどそのまま続ける。

「し、信じられないと思いますが、私、酔って寝て暑いと脱いじゃう癖があって、それで脱いでしまってたんです。それで私、あの朝、下着姿になってたんです。だからあの日は本当になにもなくて！」

玲志さんは黙り込んだまま。あの日の様子を懸命に思い出そうとしているのかもしれない。

（当たり前だよね。驚くに決まってる）

私は頑張って順序だてて彼にすべてを話そうとしていた。静かに下を向いた彼がどんな顔をしているのか直視できないまま続けた。

「でもあの朝、私が脱いじゃったのを見た玲志さんが最後までしちゃったって勘違いして、それで真面目に『結婚してほしい』って言ってくれた。すごく嬉しかった……。これまで何度アプローチしても振り向いてくれなかった人が、たった一つの誤解で変わったって思って」

「誤解、してたのか」

「でも、もちろん最後までしてないので結婚なんてできないって迷ってました。そのとき、もう一度プロポーズしてくれて、それもすごく憧れていた言葉で……。私、すごく嬉しくて。私、玲志さんに嘘をついたままでも結婚したいって思ってしまったんです」

玲志さんはそうでもなきゃ結婚しようなんて言ってくれなかったはず。私はずっとそう思っていた。

――でも違った。

玲志さんはあんなことがなくても、私を好きでいてくれた。私よりずっと真摯に、私との関係を考えていてくれた。

遅すぎる告白は許してもらえないかもしれない。でも、もう黙ってもいられなかった。嘘をつき続けることがこんなに苦しいことだなんて思いもしなかった。プロポーズを受けたときは、この嘘をつき通そうと決めたくせに。

「ごめんなさい。嘘をついてここまで来てしまって。今になってこんなことを伝えて、本当にごめんなさい」

彼は顔を上げてまっすぐ私を見た。

心臓が張り裂けそうなほどドキドキしてる。視界がぼやけて涙目になってることに気づく。

彼の次の言葉が怖かった。低い声で彼は問う。

「ずっと騙し続けることもできたはずなのに、どうして今になって言ったんだ？」

「玲志さんの気持ちを信じきれなかったのは私が嘘をついていたせいなのに、玲志さんが自分のせいだと思ってて……。今これを伝えないと、これから玲志さんと一緒にいられないと思ったんです」

「一緒にいたくて言う気になった？」

「……はい。できれば一生、隣にいさせてほしい。……だめでしょうか」

玲志さんは真意を見極めるようにまっすぐ私を見つめていた。

私の胸の内は後悔しかなかった。どうしてもっと早く真実を伝えなかったのか、どうして嘘なんてついてしまったのか。

しかし次の瞬間、玲志さんはふっと表情を緩めた。

「そんなのいいに決まってるだろ？」

「ゆ、許してくれるんですか？　私、ずっと最低な嘘をついていたんですよ」

「最低なんかじゃないさ。だって遥日は俺といたくて嘘をついて、俺といたいから嘘を告白したんだから」

顔を上げ彼を見つめる。

「俺にも、その気持ちは分かるよ。遥日といるためなら、俺だってなんだってするんだから」

彼は怒ることもなく、心底嬉しそうに笑っていた。

（玲志さん、全然怒ってない……）

突然、全身から力が抜けた。

あれだけ長く抱えて、絶対に言えないと思っていた嘘が、こんなにあっさり受け入れられるなんて予想外すぎた。

それどころか彼は嬉しそうにまで見える。

そんなふうに私のすべてを受け入れてくれる玲志さんが愛しくて、彼にぎゅう、と抱き着く。

「ごめんなさい」

「いいって。でも、その格好で抱き着かれるのはちょっと限界かも」

「へ……？」

身体に視線を落としてみる。最初に自分の帯をほどいたままだったことに気づいた。

玲志さんは困ったように微笑んだ。

「ね。とにかく今は、それを直そうか」

「私はいい。玲志さんはダメ？」

思わず聞いていた。玲志さんの顔が驚きに満ちる。

私はこの話を受け入れて嬉しそうに笑った玲志さんを見て、突然自分の気持ちが固まっていた。

「……それって、俺に抱かれる覚悟が決まったってこと？」

彼は確認するように低い声でゆっくり聞いた。

（玲志さんとなら大丈夫）

力強く頷く。

「私も玲志さんが好きだから……。私は今日、玲志さんに抱いてほしいです」

「そんなこと言ったらもう我慢しないよ」

「もう我慢なんてしないでいいです……んっ！」

言うなり待っていたように唇が重なった。最初から激しいキスを何度か交わして、

性急に抱き上げられる。

布団の上まで連れていかれ少し乱暴に置かれた。すぐ玲志さんの熱い手が頬を撫でる。

「あ、あの！」

「ん？」

「玲志さん。私ね、はじめてだから……その、あまりうまくないと思います！」

「遥日はなにをしてくれる気だったんだ？」

彼がクスクス笑う。自分でもなにを言っているんだと恥ずかしくなってしまった。

彼は私の頭を撫で頬に手をやる。彼の真剣な瞳と視線が絡んだ。

「分かってる。緊張しないで大丈夫だから。でもできれば、これが嫌だとか、これが好きだとかちゃんと教えて」

「は、はいっ。玲志さんとのキス、好きですっ」

彼が一瞬面食らった顔をして、それからまた笑う。

「あぁ、そうだな。俺も遥日とのキスが好きだ」

そう言って、唇が重なる。舌が絡む。彼の舌、すごく熱い。口内を全部奪うように舐め、舌が出てく。そのうち、頬に、首筋に、鎖骨に、キスが落ちていく。

浴衣が開かれ、きゅ、と目を瞑ると、大丈夫だよ、というように彼がキスをする。

いつの間にかすべて取り払われた私の身体に視線を落とし、彼は熱い息を吐いた。

「どこも全部堪らなく可愛いな」

恥ずかしいのに言葉一つ一つが自分にじんわりしみ込んでいくようだった。

まるで、ここにいていい。大丈夫だよ、と言われているみたいだ。

戸惑いながらも玲志さんの指先にいつの間にか声がこらえきれなくなって、そうなると彼は余計に嬉しそうに丹念に身体をほぐしていく。

彼とするのははじめてのことばかりだ。

キスをすることも、触れられることも、一つになることも——。

玲志さんを見上げると、彼は少し汗をかいている私の額に口づける。

「遥日、愛してる」

彼の言葉一つで、全身蕩けるような温かさに包まれる気がした。

「私も」

返すなり玲志さんが嬉しそうに白い歯を見せる。その表情も堪らなく愛しかった。

それからは熱さでよく覚えていない。

それでも、見たことのない彼の男らしい顔とか、固い指先とか、彼の熱とか、少し余裕のない表情まで全部自分の中に刻みこまれた気がした。

目が覚めたときにもまだ彼の腕の中だった。

外はまだ暗いけど、ずいぶんぐっすり眠った気がする。ぎゅうと抱きしめられている力が強くて少し苦しいのにそれも幸せだった。

寝ている彼の顔をそっと見上げる。彼がしてしまったと勘違いしたあの最初の夜、彼の寝顔をはじめて見た。

あれからずっと罪悪感があって、彼と見つめ合っていても心の中は視線を逸らしていたように思う。

今はあのときよりもっと近くて、それからもっと好きになった顔。かっこいいから好きになったんじゃないけど、寝ていても精悍な顔に見惚れてしまう。

これから何年見続けても飽きない確信がある。

「幸せ……」

呟いた途端にパチリと彼の目があく。近くでしげしげと見つめ続けていたので、間近で視線が絡んで心臓が跳ね上がりそうになった。彼の目じりの皺が深くなる。

「おはよう」

「お、はようございます」

さっきまでは寝てると思っていたからまっすぐ見つめられていたのに、彼の目が開くなりすぐに視線を逸らしてしまう。

昨夜の出来事が急に思い出されてしまったのだ。

獣みたいな瞳も、少し余裕のない表情も、それでも優しく触れる指先も唇も。彼の全部を見れて、独占できて幸せだった。

「すまない、無理をさせた。身体も、声も、大丈夫？」

色々な彼を見られたのは嬉しかったけど、自分を思い出せば、とんでもなく恥ずかしい。

変な声は出るし、全く余裕なんてなかった。顔もひどかっただろう。

はじめてでいっぱいいっぱいになってしまった。言ってなかったら絶対バレてたくらいに。

「すごく可愛かった」

絶対可愛い顔なんてしてなかっただろうけど、そう言ってくれる彼の優しさすら愛おしい。

すっと磁石みたいに顔が近づく。そっと触れたと思ったら、すぐに貪るようなキスに変わる。一晩中数えきれないほどキスをしていたのに、まだ何度もしたいって思うのだから不思議だ。

何度もキスを交わして、そのうち指先が耳に触れる。唇は首筋に落ちていく。

自分が昨夜の卓球以上にたくさん汗をかいてしまったと思い出して彼の行動を慌てて止めた。

「もうだめっ。汗もたくさんかいちゃったから」

「じゃあ、入ろうか」

「へ？」

玲志さんが起き上がり、すぐに私の身体がふわっと浮く。私はもちろん裸のままで、慌てて胸元を隠す。彼はその間もどんどん歩き、どうやら部屋の露天風呂に向かっているのが途中で分かった。

（え？　まさか一緒に入るの⁉）

顔が青くなったり赤くなったりしているであろう私を見て、彼は意地悪に口角を上げる。

「昨日勘違いしてたなら、想像くらいはしてくれていたんだろ？」

「あ、あのとき聞いてたんですね！」

「さて、どうだっただろう」

また意地悪に目元を細めた。

絶対聞いてて聞いてないふりしてた。頬がカッと熱くなる。さらに彼は愉しそうに笑ってる。

「なんかすごい意地悪っ」

精一杯の反撃の言葉だったけど、彼はまだ愉しそうに笑ってるだけ。

結局、露天風呂に二人で浸かる事態になった。まだ明るくなりはじめる前の時間だったので少し安心だったけど、もちろん玲志さんの方を見ていられない。離れて反対方向を向いていたら、二人では広いはずのお風呂なのに彼はわざわざ近くまで来て後ろから抱きしめてくる。

「ぜ、絶対こっち見ないでくださいよ」

「もうさんざん見たけど?」

「それでも見ないでくださいっ」

「はいはい、分かったって」

からかうようにクスクス笑う声。恥ずかしいけど、ずっと聞いていたくなる。

玲志さんってこんなふうに笑うんだ。意地悪をするときまで愉しそうなのだけはよく分かった。そして案外よく笑うんだってことも……。

後ろから抱きしめる彼の腕は思っていた以上に男性のものだった。背中に当たる胸板だって逞しい。

やっぱり昨日の夜の彼を思い出してしまう。自分とは全然違う男性の身体は、少し怖くもあったけど、いつの間にかその逞しさの中に守られていると安心したんだ。

「朝焼けだ」

彼が声を上げる。見上げると、徐々に東の空が赤いまま明るくなっていく。

「綺麗……」

つい口をついて出た。昔一度だけ怖いほどの赤い朝焼けを見た記憶があった。あれからあまり朝焼けは見たいと思わなかったのに、こんなに心から綺麗だと思えるなんて。

「玲志さんと見られて嬉しいです」

「俺も。遥日に見せられてよかった」

抱きしめる腕に力が籠もる。振り向くと、唇が重なった。

「んっ」

いつの間にか向かい合って、何度もキスを交わす。身体中熱いのはお風呂の熱だけではないように思えた。

お風呂から上がると、玲志さんが器用に髪を乾かしてくれる。まるでトリミングされている犬の気分。彼の硬い指先が大事そうに何度も髪を撫でる。温かな感触を楽しむように目を瞑った。

朝食を食べたら戻る時間。なにもかも全部夢のような時間だった。

荷物を鞄に詰めているとき、この旅が終わってしまう事実が寂しく思えた。

これからまた日常に戻る。毎日病院で勤められているのはなにより嬉しいことだったはずなのに、ずっとくっついていたせいか、玲志さんと離れてしまう時間の長さが気になってしまう。

彼は帰り支度を終えると私に軽いキスをした。

「帰り、少し寄りたいところがあるんだけどいい？」

「はい」

どこにいくのか分からなかったけど、車は途中のインターで降りた。そこから走っている間に、どこに向かってるのかなんとなく分かってしまった。

驚いて運転している玲志さんを凝視したけど、彼は微笑んだだけ。途中で花屋に寄り、着いてみると本当に考えていた場所。

それは私の両親が眠っている場所だった。山のふもとにある小さな墓地だ。

玲志さんを見上げると彼は優しく目を細める。

そして当たり前みたいに『芦沢家』と書かれたお墓まで歩きはじめた。

「結婚が決まったときにも一度ご挨拶に来たんだ。夜勤明けで早朝だったんだけどね。でも、それからなかなか来れなくて気になっていたから」

「一人で行ったんですか？　言ってくれたら一緒に行ったのに」

「一人で報告しないと、日高さんは特にうるさそうだから。大事な一人娘だしね」

彼は懐かしいまなざしでお墓に目をやった。それから二人で少しお墓を掃除した。

ここは電車とバスとを乗り継いでしか来れず、なかなか顔を出せていないのに、思っていたよりお墓はきれいで驚いた。

「綺麗なまま。玲志さんが？」

「俺が前に来たときも綺麗だったよ。うちの両親もよく来てるし、それに藤堂さんもわりと来てる」

「え……そ、そうだったんですか」

千葉の方にいく、と言ったときに藤堂さんがなにか思い当たった顔をしたのはそのせいだったのかもしれない。

「ほら、一緒に手を合わせよう」

言われてそっと手を合わせる。話したいことがたくさんあった。

（ママ、パパ。お墓まではなかなか来れなくてごめんなさい。パパとママと一緒にいたときは幸せで、二人がいなくなってからはもう同じような幸せはないと思ってた。でも私ね、今心から幸せだって感じてる）

昨夜、心に重くのしかかっていた嘘を告白できたのも、私の中で大きかったんだと思う。それを受け入れてくれた玲志さんのことも愛しくて仕方ない。

ふと隣を見ると彼は私より長く真剣に手を合わせていた。

（玲志さんは、なにを話しているの？）

お墓参りのあと、車まで戻る道で昨日からの出来事をもう一度思い返しながら、私は口を開いていた。

「最高の旅でした。全部」

「そうか、よかった」

「子どもができたら……いつかまた同じ旅がしたいです」

それも楽しそうだな、と声が降ってくる。そして手を差し出された。その手を握り締め歩きだした。

彼の子どもと彼の愉しそうな笑い声がずっと耳の奥で響いているようだった。

七章　騙さなければならない相手

――四年前の四月。黒瀬総合病院で彼女に再会した。

幼い頃の遥日はほぼ毎日のように病院に入り浸っていて、同じように病院によくいた俺に懐いてくれていた。

好きだって気持ちも分かりやすくて、誰が見ても俺が好きで、でも、それは子どもらしい可愛い恋心で。俺はもちろん幼い遥日を恋愛対象としては見られなかったけど、嫌な気持ちは全くなかった。

懐いてくれてる妹みたいな子。それが遥日だった。

いつだって遥日は明るくて、怒ったり笑ったりいつも忙しそうだった。

遥日が明るいのはきっと、遥日にやたら甘い遥日の父・日高さんのせい。

それから同じように遥日に甘い日高さんの友人で俺の父、そんな甘すぎる父たちをうまく扱う母たちに囲まれていつも遥日は笑って過ごしていた。

父親がずっと入院していて、母親は看病と看護師で忙しい。そんな中でも家族に愛されている実感が彼女のあの笑顔を作っていたんだろうと思う。

　でもあの日、黒瀬総合病院の外科の総合受付事務として入ってきた十八歳の彼女は、昔とは違った印象だった。

「芦沢遥日です。よろしくお願いします」

　頭を深々下げた遥日が作り笑いのままで顔を上げた。

　下手な笑顔を浮かべる彼女。彼女のこれまでを思えば、仕方のないことだと分かっていても心が痛む。

　挨拶が終わった遥日のもとに俺の父は走るように向かう。俺はそれを少し離れたところから見ていた。

「遥日ちゃん！」

「ご無沙汰してます。へへ、入っちゃいました」

　少し恥ずかしそうに遥日が言い、父は目じりを下げていた。

「克己先生のおかげですよね。ありがとうございます」

「いや、私はなにもしてないよ。遥日ちゃんの実力」

　実際遥日の就職試験の成績は群を抜いてよかったようだ。父は続ける。

「嫌な思い出があるから、ここにはもう来てくれないかと思ってた」

父はポツリと言った。遥日は、少し悲しそうな顔をしたけれど、すぐに表情を明るく戻す。

「いえ、先生には感謝してます。両親のことも最期までご尽力いただいて……。私は悪い思い出以上に、家族みんなで過ごした楽しい思い出がここにあるんです。私、忘れたくなくてここに来たんです」

昔住んでいた家も取り壊されたと聞いた。この病院は彼女のふるさとみたいなものなのかもしれない。

「でも、母みたいに看護師にはなれなかったです。本当はそうできたらよかったんですけど」

まだ遥日は血を見るのが苦手なようだった。それは遥日の目の前で母親の里華さんが亡くなったことに関係してる。

なのに遥日は病院という場所を仕事場に選んでくれた。しかもうちの病院を……。

「嬉しいよ。来てくれて、ありがとう」

「こちらこそありがとうございます」

遥日はニコリと微笑む。

作り笑いの中、それでもほんの少しだけ本心が混ざっている笑みだと思った。

途端、父の目に涙が浮かんだ。父は遥日にだけは涙もろい。というか遥日だけには

もともと甘かったのだが、さらに甘い。

その気持ちも分からなくはないから放っておきたいけど、度を超してしまうときは

止めないといけない。

父は突然、遥日の手をガシッと掴んだ。

「こんなに大きくなって……」

「え？　あ、あの……」

そのまま抱きつきそうな勢いに思えて、驚いて遥日たちのもとに行き、父を止める。

そして父を引きはがした。

「病院長、それはセクハラです」

「玲志、先生」

言われて、父を止めながら遥日の方を向いた。

病院で先生と呼ばれるのにはすっかり慣れていたけれど、遥日に先生と言われると

不思議な気分になった。

遥日は俺にも作り笑いをして頭を下げた。

「これから、どうぞよろしくお願いします」

「あぁ、よろしくね。あと、危ないから病院長からは離れていなさい」

「別にそういうんじゃないから」

ふてくされたように父は言う。

「さっき抱きつこうとしませんでした？」

「抱きついたんじゃなくてただ握手しただけで」

「握手も禁止です」

ぴしゃりと言うと、遥日が困ったようにおずおずと口を開く。

「あ、あの……そろそろミーティングがあるみたいなんで、失礼します」

「遥日ちゃん、またね」

父は嬉しそうにひらひらと手を振っていた。遥日は恐縮しながら何度も頭を下げて早足で歩いていった。俺はつい父に苦言を呈してしまう。

「ご自身の立場を考えてください。病院長に可愛がられている新しいスタッフなんて、どう見られるか」

「遥日ちゃんなら大丈夫でしょ。他にも知ってるスタッフもまだいるし」

「それでも彼女がここで働きにくくならないように配慮すべきでしょう」

「それもそうだが」

そう言って、父は考えたように顎に手を当て、それから慎重に口を開いた。

「玲志こそ。スタッフに手は出すなよ」

「当たり前でしょう」

「それに彼女はまだ十八だし」

「知っています」

きっぱりと言うと、父は目を見開く。

「え？ 本当に狙ってんの？ まだ脳外科医としては若手のクセに？」

「クセにって。そもそも狙ってませんから」

言ってみるが信じていないような目をジトッと向けられる。

「そうか？ とにかく、お前みたいなただの若手が遥日ちゃんに気軽に声をかけちゃだめに決まってるだろ。一メートル以上の距離を保て。あと、絶対手出し禁止！」

「しませんって！ そもそも好きだなんて誰も言ってないでしょうが！」

「え？ あんな可愛い子がいたら好きにならない？」

「なりません。妹みたいなものです」

ぴしゃりと言うと、やっと信じてくれたようで父は頷いた。

「ふうん、じゃ、安心だな。遥日ちゃんには絶対幸せになってほしいし、医師が相手は絶対嫌だ。その中でも特に病気にしか興味なさそうなつまらない玲志じゃ幸せにできないだろうからな」

　そう言って歩いていってしまう。

「……あの人は、煽っているのか？」

　どちらかというと、俺は反対された方が燃えるタイプなんだけど。

　とはいえ、遥日をまだそんな対象に見てなかった。遥日の成長には驚いたけれど、やっぱり遥日はまだ気になる妹みたいな存在だったから。

「まさか一回りも違うのに、恋愛対象になんてするはずがないだろ」

　そう言っていたのに、彼女が二十歳になる頃には、そうとは言いきれなくなっていることをそのときの俺はまだ知らない。


　遥日がこの黒瀬総合病院に入ってきてくれた頃の俺は脳外科医として駆け出しで、ただ必死だった。

　しかし、父譲りなのか、手先が器用なのは幸いした。もともと決まっているオペは、難しいものでもどんどん対応できるようになっていた。

　勉強して、父の技術を見て真似て。脳外は個人技と言われるけど、その通りだ。入念に準備すればするほど、オペはうまくいくと分かってきた頃だ。

だけど、特に緊急で入る場合はよほど運がよくないと助からない。それはうちの病院が三次救急に対応しているからでもある。かなり重篤な患者が運ばれてきて、すでにその時点で手の施しようもない状態。助かっても障がいが残ってしまう場合も少なくなかった。

そのせいもあって、罵倒されることも多い。

最初はひどく落ち込む日もあったが、そのうち割り切ることを覚えた。そうしないと、次々やってくる患者に対応なんてできなかったから。

月日が流れ、すっかり慣れたと思っていても、患者が亡くなる症例が続くと自分がなにをしているのか分からなくなることがあった。

そんなとき——。

「玲志先生」

遥日に声をかけられると、強張(こわば)っていた顔が少しほぐれるように感じていた。振り向くと、ずいぶん自然な笑顔になった遥日だ。

俺はそれを見るたびホッとして、それから目を奪われた。

「なに?」

「これ、書類渡してほしいって頼まれてて」

「ありがとう」

そう言って、遥日は時々届け物をしてくれた。ほとんどが脳外科の看護師長である藤堂さんから受け取るようなものだったし、中にはなぜこれを？　と思うようなものも含まれていて、藤堂さんにはなにか気づかれてるのではないかとヒヤヒヤしていた。

書類を手渡すなり、遥日が突然手を引っ込める。

「……っ」

「どうした？」

「いえ」

聞いてみたけど、分かっていた。さっき手が当たったのだ。それだけで顔を真っ赤にしている彼女はどれだけ男に免疫がないのだろうと思わされた。

中学から高校まではほとんど会っていなかったし、ここに来てからだって受付にいる彼女しか見たことがなかったので、これまでの男関係は分からない。でも、なんにも知らないんだろうな、と行動のあちこちから思わされた。

考えていると、遥日が口を開く。

「そういえば先ほど、先生がオペした安藤（あんどう）さんが退院されていきました」

「そうか」

ドラマであるような退院のときに医師自ら見送れるのは稀だ。退院前の診察では顔を見るが、その後もこちらは診察が詰まっているし、診察が終わればオペが入っているときもある。

遥日は書類を持ったままの俺の手をじっと見た。

「……この手がオペして病気を治してるんですよね」

「治せる場合ばかりじゃないさ」

「そうかもしれませんけど。ここで元気になった患者さんの日常がこれからもずっとどこかで続いていくのを想像すると嬉しくなるんです。今日の安藤さんのご家族も笑顔でしたよ。やっと一緒に暮らせるって」

心底嬉しそうな遥日の笑顔に心が揺さぶられる。

遥日は、患者が退院したときや、無事に手術を終えたときに最高の笑顔を見せる。

それはまるで昔の遥日のような笑顔だった。

あの日高さんといた病室から、俺はこんな遥日の笑顔を見たことがなくて、この笑顔をずっと見たかったんだと自覚させられた。

考えている俺を見て、遥日は少し慌てたように口を開く。

「あ、私、変なこと言いましたよね。失礼しました」

「いや」

遥日は遠慮がちに微笑んで、じゃあ、と踵を返して行ってしまった。

これからもずっとあの笑顔を見られたらいいのに。受付と医師との関係なんかじゃなく、できれば一番近くで。

遥日がうちの病院に来て二年がたった頃には、もう遥日は俺にとってなくてはならない存在になっていたのだ。

——二年前。自分の気持ちに気づいてからも完璧に隠していた——つもりだ。

オペが終わって廊下を歩いていたとき、ぴたりと足が止まる。外科総合の受付がちょうど見える場所。オペに入っていると時間の感覚がないので、もう終業時間を過ぎていたのか、と息を吐く。

「先生」

突然声をかけられ振り向くと藤堂さんが立っていた。

「遥日ちゃんなら、もう帰りましたよ」

「…………」

彼女だけはやはりなにか知っているように思う。

藤堂さんは、口角を上げてニヤリと笑った。さすが、研修医時代からお世話になった看護師ということもあり、里華さんの後輩だったというところもあって、どうも俺はいつまで経っても藤堂さんには頭が上がらない。

藤堂さんは思い出したように愉しそうに笑って口を開いた。

「先週ね、遥日ちゃんの誕生日会をみんなでやって、それで遥日ちゃん、うちに泊まったんですけど」

(遥日が?)

そう思ってすぐに藤堂さんを見た。彼女はふふ、と笑って続ける。

「遥日ちゃん、酔っぱらって熱くなると脱ぎ上戸になるみたいで夜に脱いじゃって。子どもみたいよねぇ」

(遥日はもう子どもじゃないだろう!)

それに確か藤堂さんは、息子さんは独立してるけど夫が同居しているはずだ。

顔を青くしていると、ケラケラと藤堂さんは笑う。

「安心してください。ダンナは出張でいなかったので見たのは私だけ」

そう言われてホッとはするが、藤堂さんだけだったと聞いても胸がジリジリ痛む。

(もしかして、藤堂さんにまで嫉妬してるのか?)

自分で自分の感情が信じられなくなったとき、藤堂さんは煽るようにこちらを見つめていた。

「でも、これからお酒呑んだあと大丈夫かな? ね、玲志先生」

「あまり呑ませないようにしてあげてくださいね。彼女は大事な――」

「大事な?」

興味深そうに口角を上げて聞かれ、はた、と止まる。

「大事なスタッフの一人ですから」

そうきっぱりと言った。

藤堂さんは「ま、今はそれだけ聞けただけでも十分です」と言って続けた。

「少し顔色、マシになりましたね。朝は患者さんより青かったですよ。遥日ちゃん効果ですかね」

言われて目を見開く。そういえば、今日も遥日は書類を届けに来たな、と。

「藤堂さん、そういうときを狙って彼女に届け物をさせていません?」

「さて、どうでしょう」

「だからベテランの看護師さんって怖いんだよ。母と里華さんの後輩なんて特に」

「なにか言いました？」

「いいえ、なんでもありません」

小さな呟きも聞こえていたような気がして肩をすくめる。藤堂さんは「大丈夫、まだ私だけですよ」と加えた。彼女が言うならそうなのだろうと安堵した。

――まだこの気持ちを知られるわけにはいかない人がいたからだ。自分が認められるまで、騙さなくてはならない人が。

八章　愛し合う日々×嵌まり続ける日々

旅行から戻ってからも玲志さんは相変わらず忙しくしてたけど、毎日一度は必ず家に帰ってくるし、金曜の夜はできる限り、他の医師に救急を任せているようだった。

私もなにかできることはないかと、彼の疲れが少しでも取れるように料理で工夫してみたり、掃除も入念にしてみたりしてたけど、他になにをしていいのか分からない。

志野さんに泣きついてみれば「あの子は遥日ちゃんが笑顔で迎えてくれるだけで嬉しいのよ」と言われる始末。

本当は私だってなにか力になりたい。だから彼のワガママはなんでも叶えたいと思っていた。いたのだけど……。

「おかえりなさい」

帰ってきた玲志さんを笑顔で出迎えるなり、ただいま、と微笑んで抱き上げられる。

いつも通りリビングに連れられて、ソファに座らされた。見上げると彼はジャケットを脱ぎ、ネクタイを緩める。そのしぐさに見惚れているうちに唇が重なる。

「んっ……」

何度かキスを交わしてすぐ彼の手は性急に背中に直接差し込まれた。

「ちょ、待って！　待ってください。なんで流れるように脱がせようとするんですか」

「いつ呼び出されるか分からないし。子どもの件も了承してくれただろ？」

「だからってそんなに毎日しなくても。玲志さんの体調も心配ですし、そもそも毎日しすぎるのも子作りにはよくないって書いてました！」

顔が近づいてきて慌てて止めながら叫ぶ。

（これ以上キスされたら、また絶対に絆される！）

彼は真面目な顔でじっと私を見つめる。

「書いてたって、もしかして調べてくれた？」

「あ、す、少しだけ」

私が言うなり、彼は満面の笑みを浮かべた。実は調べてた。いや、結構調べた。

最初はパソコンで調べてみたけど、色んな情報が入り乱れていて固まってしまって、本屋に足を運んだ。

なんだか恥ずかしくなって視線を逸らしてしまった私の額に、彼はキスを落とす。

「嬉しいな、遥日も前向きに考えてくれてるんだ」

「う……前向きかどうか分かりませんが」

「でも、それだけが目的ってわけでもないんだ」

玲志さんは微笑みながら、当たり前のように私の鎖骨に口づける。

甘いキスに脱力してしまっている間に、テキパキと服を全部脱がされていた。その手際のよさは、マジシャンにも転職できそうだ。

「どういう……ぅんっ」

もう一度濃厚なキスを交わすと全身から力が抜けてしまって、結局、それからはいつも通り貪り合うだけだ。

昨夜も抱き合ってしまった。

抱き合ったあと、食事をとっている途中に呼び出しがあり、結局玲志さんもゆっくりできなかった。私もあまりに毎日だと抵抗してしまうのに、結局は彼に絆される。

不思議なことに肌を重ねれば重ねるほどに、さらに彼が好きになっていき、彼の与える快感に溺れてしまう。

たぶんずっと慣れるなんてできない。毎日もっと彼の深いところまで知りたくなる。

不思議な感覚だ。

翌日も病院の食堂で藤堂さんたちと昼食をとっていた。いつもより一般の人が多いと感じるのは、今日は日本有数の大手弁護士事務所でもある夏目(なつめ)法律事務所の集団健康診断の日だから。

この健康診断がきっかけで付き合いだしたスタッフもいると聞いている。

「ほんと毎年目の保養だわぁ」

「イケメンだけじゃなくて美人も多いのよねぇ。採血でドキドキしちゃった」

「分かります」

鳴本さんと藤堂さんが楽しそうに話してる。私もつい頷いてしまった。

私は受付だけだけど、見るだけでドキッとしてしまうような美人がいたのだ。

ふと視線を横にやるとその美女が食事をしていて目が合った。にこ、と微笑まれてドギマギしながらぺこりと挨拶をする。ただ、美女は見た目に似合わずとんでもない勢いで食べていて驚いた。デザートのビッグプリンまでマジックのように彼女の口の中に消えていく。

そこにちょうど玲志さんがトレーを持ってやってきて、足を止める。女性と一言二言交わした。二人の姿がなんとも絵にかいたような美しさでつい見惚れてしまう。玲志さんは、すぐにこちらに歩いてきた。

「遥日、一緒にいいか？」

「どうぞどうぞ」

勝手に藤堂さんたちが私の目の前を薦める。玲志さんはお礼を言い、席に着いた。

「ちょ、なんだかすごく恥ずかしいんですけど」

「そうか?」

彼は私といるときに周りが見ていても全然気にしていない。最近特にそうだ。

「さっきお話しされていた夏目法律事務所の女性、お知り合いですか?」

鳴本さんが聞いた。

「あぁ、友人の秘書でね。その友人の頼みでこうして毎年健康診断を受け入れてるってわけ」

「そうなんですね」

夫が美女と話してたなんて普通嫉妬するのかもしれないけど、なんていうかそういう感じでもなかったし、玲志さんがいつも患者さんに接しているように真面目な顔をしていたから不安にもならなかった。

これまでもそうだったけど、肌を重ねてからの彼はもっと分かりやすく私にだけ甘く蕩けそうなまなざしを向けてくる。

それが明らかに仕事で見せるものとは全然違って、私は戸惑いながらも嬉しく思っていたのだ。ただ問題は、それが『どこであっても』というところだけど。

鳴本さんが玲志さんに問う。

「それにしても玲志先生が食堂にいらっしゃる回数、増えましたね」

「あぁ。遥日がいるかと思ってね」

「っ……！」

甘い顔にトロリとした声で、さらに職場の食堂でそんなことを言われれば絶句するしかない。

「あらぁ」

「あらあら」

藤堂さんたちはニヤニヤしながら私と玲志さんを交互に見ていた。

（普通の夫婦ってこんなに当たり前にノロケるの？）

私はなんだか落ち着かなくて、いつもより早く箸をすすめてしまう。

「そんなに急いで食べたら喉に詰まるわよ」

藤堂さんに注意された途端、本当に喉に詰まりそうになったけど、彼は分かったように素早くお茶を差し出してくれた。飲み終えてすぐ端整な顔が間近に見える。

「遥日、大丈夫？」

「うっ……！」

また喉を詰まらせそうになる。心配した顔までかっこいいのだから、狡い。彼の顔の良さのせいでいつだって頬が真っ赤になってしまうので、職場の食堂で顔を近づけてくるのはご遠慮願いたい。

「ご、ごちそうさまでしたっ」

慌ててガタガタッと立ち上がってその場をあとにした。

深夜、帰ってきた玲志さんの気配に玄関まで迎えに走る。彼がいつも通り嬉しそうに顔を綻ばせて、私もついそれを見て微笑んでしまった。

だけど、すぐに言いたいことを思い出し、意を決して彼に告げた。

「ああいうの恥ずかしいですけどっ」

「ああいうのって？」

「昼、食堂で一緒に食べようとするのは恥ずかしいからやめてください。最近は家でも会えてるし、別に無理に病院で会おうとしなくてもいいじゃないですか」

周りだってそういう場面を見たいと思わないだろう。

だけど、玲志さんはリビングまで歩きながら、夫婦なのになにがおかしいのか？

というように首をかしげた。

「俺は短時間でも近くにいたい。遥日が変な男に目をつけられたら堪らないし」

まさかそんな理由でわざわざ昼に食堂まで来ていたなんて思ってなくて声が詰まってしまう。彼は真面目なだけでなくて心配性すぎる。

子どもが欲しいと言ってるけど、子どもができたらできたですごく心配性な彼が簡単に思い浮かんでしまった。

「私みたいなのは大丈夫ですって。玲志さんの方がモテてるじゃないですか」

「俺は、遥日以外は女性として一切目に入らないから問題ない」

「それ、私もですからね。っていうかどう考えても私の方がずっと玲志さんだけですよっ」

私なんてこれまでずっと他の男性は目に入っていないのに、これから先も誰も好きになる気がしない。

むっとして彼を見つめる。それを玲志さんは分かっていない。彼は嬉しそうに目じりを下げて、私に両手を差し出した。

「おいで。今日はまだ帰ってからしてない」

そういえば今日はまだ「おかえりなさい」のキスをしていなかった。

玲志さんにととと、と近づいても彼からはキスをしてこない。彼は目の前でニコリと微笑む。

「……え？　もしかして私からですか？」

「俺以外の男は目に入らないんだろ？　それ、もう少し行動で示してほしいな」

「………」

（それで本当に証明になるの？）

いつだって優しく見つめてくるくせに、時々意地悪になる。

だけど、毎日もっと玲志さんを好きになっている私に拒否なんてできるはずもない。

だって私もキスしたいって思ってる。

「分かりました。目を瞑ってくださいよ」

意を決してそっと彼の肩を持ち、唇を重ねる。もう何百回もしてるのに、彼が先導してくれないといまだに歯を当ててしまいそうで怖い。きっとすごく不格好なキスだ。

いつもならすぐ積極的にキスをしてくるのに、今日は応えてもくれない。少し不安になって、少し唇を離してまたくっつける。でも結局応えてくれなかった。

もう一度唇を離して彼の目を見る。彼はやっぱり分かっているようで目を細めた。

私の唇に触れ、唇を指で開けると舌に触れる。

（やっぱりそこまでしなきゃダメ？）

困って玲志さんを見てみれば、彼は当たり前だろう、という表情で私を見ていた。

こういうときの彼は絶対に自ら曲げてくれない。

「うー」

でもいつ呼び出されるか分からないから早く食事もしてほしい。恥ずかしいけど、やるしかない。というかなんだかんだ考えながら、彼の顔を見てると自分もしたくて堪らないんだし。

そっとまた唇をくっつける。彼の唇が笑うように動く。唇の隙間に舌を差し込んだ。彼の舌に絡めようとしてもうまくいかない。意地になってつついてみてもダメ。

「ふぅ……」

キスしてるのに相手が応えてくれないとこんなに寂しいものなんだ。彼のキスになんとか応えるとき、彼が嬉しげにするのを思い出す。

(これってそれを分からせようとしてる？　いや、ただの意地悪かな)

どちらにしても、もう十分に分かったからキスに応えてほしい。玲志さんの舌に自分の舌を絡めながら、きゅ、と彼の背中を掴んだ。

瞬間、ぐっと彼が私を抱きしめた。舌を絡め返されたと思ったら抱き上げられる。

そのままスタスタ寝室に向かって、ベッドの上に下ろされる。背中がベッドについたところで再度キスをはじめた。

さっきまでの反応が嘘みたいに激しいキスに、こちらがうまく応えられなくなった。

「ん……玲志さん、食事は？」

「こっちが先。遥日から積極的に来てくれるなんて嬉しかった」

「自分がキスしろって言ったんじゃないですか！」

「言ってないよ？『もう少し行動で示してほしい』って言っただけで」

「…………」

思い返せば、キスして、なんて彼は一言も言ってなかった。舌を絡めてくれとも。

「ひ、卑怯……」

「ハハ。ま、遥日が頑張ったのが分かったし、だから今日はベッドまで我慢しただろ？」

「そんなちょっとを我慢とは言いません」

「俺にとっては我慢なんだ。分かるだろ？」

あぁもう、分かってる。最近本当に一秒も我慢できないというように、うちで顔を合わせればすぐキスして抱かれるわけで。

おかげであの旅行以降、ベッドでゆっくり抱かれたのなんてほとんど記憶にない。

短いプライベートな時間がこればかりもどうかとは思う。だけど彼がその短い時間を精一杯自分と過ごそうとしてるのが嬉しいと感じているのも事実だ。

(私だって玲志さんとくっついていたいもん)

それが分かっているからきっと彼がやめないのだろうけど。

彼にはすべて見透かされてる気がする。私の気持ちなんて、私よりも先に。

唇が身体の上をすべる。少し不安になって手を伸ばせば必ず強く握ってくれる。気持ちよくて流れた涙も唇で拭って、今日も彼は嬉しそうに微笑むのだ。

「んっ、あ、もう朝」

いつの間にかぐっすり眠っていたらしい。さんざん抱かれてだるい身体を起こし、ベッドから這い出る。

リビングにいくと、彼の右上がりの字のメモがテーブルに置いてあった。

【食事おいしかった、ありがとう。先にいく。玲志】

私があまりにもうるさく言うせいか、彼は作っておいた食事を食べて出勤してくれることが増えた。

本当はもっとゆっくり一緒に食事して、話もしたい。

でも彼はやっぱり仕事には手を抜くはずがなかった。

彼にとって病院は引き継いできた大切なものだから、その存続は大事なんだろう。

医師でも看護師でもない私にできることは少ないけれど、私も彼の助けになりたい。

黒瀬総合病院で仕事をする意味が自分の中でこれまでと変わってきたような気がする。

頬を叩き、気合いを入れて仕事にいく準備をはじめた。

＊＊＊

そんな日が何か月も続いて、季節は冬から春に進んでいた。

もうすぐ四月。外科系統にも新しい先生が増えると聞いていてなんとなくみんな浮足立ってる。

最近はお昼もバラバラな日も増えたけど、今日はみんな同じ時間にお昼をとっていた。藤堂さんが私の前に座りながら言う。

「そういえば港大(みなとだい)の本条(ほんじょう)先生もうちに来るのよね」

「受付にももうたくさん問い合わせが入ってます」

本条先生はテレビにも出たことがある有名な心臓外科医で、この病院へ来ると分かった途端に問い合わせが増えた。私は首をかしげる。

「でも、どうしてそんなすごい先生が来るようになったんですか？」

「条件はもちろん、脳外で成功している経験を他の外科系統や内科系統にも落とし込んで募集してるのよ。今のところ募集人数以上に応募があるみたいで」

「へぇ」

「へぇって、主導は玲志先生よ」

言われて驚いて目を見開く。全然知らなかった。

「え、そうなんですか？」

「そうよ。だから診療以外でも忙しくされてるわ。医師だけじゃなくて看護師も増やしてるし」

確かに外科系統だけでも四月から十名の看護師が増えると聞いていた。

鳴本さんは周りを見渡す。

「今日は玲志先生来てないのね」

昼に数分でも時間が空けば玲志さんは顔を出してしまうので、そんな時間があればゆっくりしてほしいと思う。思わず息を吐いた。

「人事までかんでるなら、どう考えても忙しいですよ。無理して顔を出さなくていいのに」

「真面目だから、ちゃんとやることやって会いに来てるのよねぇ。玲志先生って一体何人いるのかしらって思うときがあるわ」

藤堂さんがラーメンを食べながら言う。彼が何人かいるところを想像して微笑んでしまう。

「玲志先生が何人もいたらたくさん患者さんが助けられそうでいいですね」

「何人もいたら遥日の身が持たないでしょ」

「ぶぅっ！」

鳴本さんの言葉に吹き出してしまう。

慌てて口元を拭く私を見て、みんながニヤニヤした顔でこちらを見ていた。

「あらあらあらぁ。思い当たる節があるのかしら？」

「あるわよねぇ。最初からすごかったし」

「それに玲志先生って主張激しいもんねぇ」

みんなしてからかってくる。そして首元を指さされた。

「なんです……あ！」

言いかけてそれがなにを指しているのか分かってしまった。慌てて首元を手で覆う。

藤堂さんがさらに笑う。

「普通の夫婦は当たり前につけてるよ』って真

（しっかり隠したつもりなのに隠れてない!?）

みんなは見慣れた風景、とでも言いたげに目を細めた。藤堂さんがさらに笑う。

「最近はさらに多めなのよねぇ」

「かかかからかわないでくださいよ！」

恥ずかしいからやめてって言ったら『普通の夫婦は当たり前につけてるよ』って真面目に言われて、勝手に見えるところまでキスマークをつけられた。

でも誰を見てもついてないから、きっとみんなは見えないところにつけられているんだと思う。

その日、帰ってきた玲志さんに怒って言うと、彼は愉しそうに微笑んで「じゃ、今日は見えないところにしようね」と、いつも以上に身体中に赤い印を散らされた。

次の日の午後に差しかかる頃、外科の受付に真希さんと蒼くんがやって来た。蒼くんは、退院して少し見ない間にすっかりお兄さんになった気がする。

「蒼くん！　検査？」

「うん！　検査ももう半年に一度でいいって！」

「よかった」

話してみればいつもの蒼くんでホッとした。それに元気そうな笑顔でさらに安堵する。真希さんは私に頭を下げた。

「遥日ちゃん、本当にありがとうね」

「いいえ、真希さんもお元気そうでなによりです」

「遥日、また検査で来てやるからな」

蒼くんがはじけるような笑顔を見せて、ぎゅっと心が掴まれる。

頷いて泣きそうになったところで、午前の外来が終わった玲志さんがやって来た。

蒼くんは玲志さんの前で腰に手を当て、彼を見上げる。

「俺が大きくなるまで遥日を頼むのは玲志先生でいいって決めてやった」

「ありがとう。でも、蒼くんが大きくなるまでじゃなくて一生大事にするから」

玲志さんが言う。咳き込んだ私と、なぜか聞いていた看護師さんたちに笑われ、いたたまれなくなる。真希さんまで「まぁ！」って声を上げて頬を赤らめていた。

（勤務中は恥ずかしいからやめてください！）

最近、彼は前より本当に遠慮がない。そんな話、誰も聞きたいとは思わないだろうし、単純に恥ずかしい。

「先生っ、もうやめてくださいよ！」

「そうだぞ！　それにそんなの未来の遥日が決めることだろ⁉」

怒った私に蒼くんが加勢した。玲志さんはんーっと考え、屈んで蒼くんと同じ目線の高さになって頷く。

「それもそうだね。そのときも遥日に選んでもらえるように頑張るよ」

「俺、絶対玲志先生よりいい男になる。だからとりあえずここの医者になる！」

「それは待ってる。頑張ってよ」

「あぁ」

気づくと二人は握手を交わしていた。男の友情はこんな年齢差でも芽生えるのだろうか。なんだかんだ玲志さんって子ども慣れしてるし、子どもを変に子ども扱いしないので好かれている。

ふいに玲志さんが彼の子どもと楽しそうに話してるイメージが鮮明に浮かぶ。ワガママだけど、もう手が届かないわけじゃない場面なのかなと感じていた。

その日の夜、玲志さんが帰ってくるなり私は鞄を受け取りすぐに口を開いていた。

「蒼くん、本当によかったです。学校も行きはじめてるって」

「あぁ、体育はまだ参加できないが、勉強は少しずつ遅れをとり返しているようだ」

「蒼くんずっと学校を楽しみにしてたんですよね。勉強もそうだけど、お友だちもできるといいな」

蒼くんのはじけるような笑顔を思い出してつい笑みがこぼれる。ふっと玲志さんも微笑んだと思ったら、顎を持ち引き寄せられた。

「んっ」

唇が触れた。それから唇が離れて、額を合わされる。

「ただいま」

「あ、すみません。おかえりなさい！」

（すっかり言い忘れてた！）

一番言わなきゃいけなかったのに、蒼くんに会えた嬉しさが勝ってしまった。

私が固まっていると彼は肩をすくめる。

「やっぱり妬けるなぁ。いつも俺より蒼くんだ」

「だってすごく嬉しくて。すみません」

私がしどろもどろで言うと、彼は私の髪を撫でた。見上げると優しい……いや、なんだか意地悪な笑顔を携えた彼。思わず身をひるがえそうとしたところでパシリと手首が掴まれる。

「いいんだ。でももう今日も二回謝ってるし、嫉妬もさせられたし、今日は遥日に頑張ってもらおうか」

「え……」

思わず足を一歩引いた。っていうか今はまだ玄関のままだから余計だ。もう一歩引こうとしたところで、後頭部を捕らえられ、そのままキスをされた。

「ふぁ！」

さんざん口内を弄んだあと唇が離れる。いつの間にか太ももに固い指先が這っていた。

「や、玲志さん、ベッドがいい」

「二回目以降はな。あと、ここで声を出したら通路に聞こえるかもしれないから頑張って我慢して」

「なっ……！」

その場で彼がジャケットを脱いで、絶対皺になるからせめてかけさせて、と抵抗してみたけど無駄だった。それでも結局溶かされてどうでもよくなってしまう。私が絶対流されてしまうのが分かってやってるのはやっぱり狡いと思った。

次の月に入ると、玲志さんは正式に副病院長に就任し、出張も増えてきた。

一人留守番をしていると、なんだか寂しい。一人暮らしには慣れていたはずなのに、彼との日々のせいで、一人でうまく過ごせなくなっていた。

金曜の夜、玄関チャイムの音が鳴って、カメラを見てみると嬉しい来客があった。

「これお土産」

きてくれたのは志野さんだ。志野さんはアイスを差し出してくれた。

「わぁ！　ありがとうございます！」

「今週は玲志、学会出張だって？」

「そうなんです。今回はどうしてもって言われて一週間北海道に。いく前までごねてましたけど、無理やり送り出しました」

「ふふっ、目に浮かぶわ」

「ですよね……」

外でも全然気にせず甘い言葉を投げてくるし、ありえないほど真剣に心配してくるので、みんなにもそんな玲志さんを知られてしまっている。

最初はいちいち注意してたけど、彼はなにが悪いのか本気で分かっておらず、結局こちらが負けた。

「病院でもオシドリ夫婦っていわれてるみたいねぇ」

「嬉しいですけど、恥ずかしいです。それに私は玲志さんにしてもらってばかりで、私が彼のためになにかできてるわけじゃないですし」

「十分だと思うわよ？　料理も習いだしたんだって？」

「はい、っていっても月に二度だけなんですけどね」

この何か月かの大きな変化は、毎日のように抱き合っているだけでなく、私が本格的に料理を習いはじめたのもある。

彼の支えになりたくて色々模索した。だけど、私にできるのはそれくらいしかなかったから。やってみると案外嵌まってしまった。

「ちょうど今日、先週教わったミートローフを家でも試しに作ってみたんです。多く作りすぎちゃったのでご迷惑でなければ持って帰りませんか？」

「え、いいの⁉　やったぁ！　この前の鮭のパイ包みも本当においしかったわぁ。克己さんなんて感動で泣きながら食べてたわよ」

「そこまで喜んでいただけると恐縮しちゃいます」

志野さんも優しいけど、克己先生もいまだにかなり私に甘い。

作った料理は玲志さんもすごく喜んでくれるし、ついついもっと頑張りたくなっちゃう。みんなのおかげで続いている感じがする。

おかずを持ち帰れる準備だけして、二人で志野さんの持ってきてくれたアイスを食べた。志野さんは私がアイスが好きだと分かっていて、さらに食べたことのないフレーバーを持ってきてくれるのだけど、それがすべて本当に好きなものばかり。

どういう修行をしたらこんな素敵な女性になれるのだろうか。

「遥日ちゃんは玲志がいなくても平気そうね」

「そんなことないですよ。正直言うと、最初は久しぶりに一人だって喜んでたんですけど……だんだん寂しくなってきて」

顔を合わせればずっとくっついていたから、一人も懐かしかったし、なんなら玲志さんがいない方がゆっくり眠れると思っていた。でも、離れて二日目にしてもうだめだった。そして三日目が今日。

(まぁ、玲志さんがいてもいなくても眠る時間は長めなんだけど)

そう思った途端に、くぁ、と小さくあくびが出てしまう。

「すみません」

「あら、寝不足？」

「いえ、むしろよく寝てます。でも、今週は結構寝てもずっと眠くて。少しだるいって感じで」

「そう、ただの寝不足かしら？　顔色もそこまでよくないのよねぇ」

そう言って志野さんは私の目の下をぐっと押さえる。それから首筋にも手を当てた。冷たい手が気持ちいい。

またちょっと眠くなったところで、志野さんは続けた。

「明日の朝一で病院にいってみようか」

明日は土曜だから仕事は休みだけど、うちの病院の外来はやっていない。っていうかわざわざ土曜に病院にいくほどの感じじゃない。

「全然救急にかかるほどではないのでいいですよ。私より他の患者さんを優先してほしいし」

「ならいったん、近くに土曜もやってる知り合いの医院があるからどうかしら？　そこならうちと連携してるからなにかあっても続きはうちに通えるし」

「でも」

「これでもね、看護師経験者よ。それにあなたのお母さんの先輩なんだから信頼しなさい」

ぴしゃりと言われて、頷くしかできなかった。

九章　幸せな変化×君についた嘘

玲志さんが帰ってくるまでの三日間、待ち遠しくて仕方なかった。

出張中スマホでも顔を見て話してはいたけど、どうしても彼の顔を直接見て言いたかった。

「おかえりなさい！」

「ただいま」

出張から帰ってきた彼が、玄関で迎えた私に顔を綻ばせ、すぐに唇を重ねた。

「んっ……ちょっと待って」

もう一度キスをしようとした玲志さんを止めてしまう。彼は少し驚いた顔をした。

私だって本当はもっとしたかったけどやっぱり先に言いたくなってしまったのだ。

私は彼を見上げて、口を開く。

「あ、あのねっ、玲志さん」

でも声が裏返った。

「ん？」

「赤ちゃん、できたみたいなんです。三か月だって」

土曜に志野さんが連れていってくれたのは小さな産婦人科。行先が産婦人科だったことに驚いたけど、志野さんは私を連れて入った。

そこで妊娠が発覚して、改めて月曜に黒瀬総合病院の産婦人科にかかったのだ。

産婦人科の三上先生は分かっていたように微笑んで、「おめでとう」と言ってくれた。玲志さんからさんざん色んな話をされてるのを知っている私はちょっと恥ずかしかったけど、嬉しさが上回った。

『玲志さんが帰ってくるまでは内緒にしていてください』とお願いしたら、志野さんも三上先生も嬉しそうに頷いてくれた。

（私がどうしても直接言いたくて我慢してたの）

彼を見てニコリと笑う。彼は一瞬固まったあと、顔がみるみる崩れていった。

「そうか。そうか……」

それからもまだ、彼はそうか、と言った。嬉しそうに、眉を下げて何度も、何度も。

その様子に私まで嬉しくなる。へにゃ、と笑った途端、強く抱きしめられた。

「ありがとう、遥日」

「こちらこそ、ありがとうございます」

ふと、笑い合う。それからもう一度唇が重なった。

「んっ」

ちゅ、ちゅ、と啄むように唇が重なる。一度離れても、私がついもっとって催促しちゃって、なかなかやめられなかった。

「そうだ、あとね。志野さんは一緒についてきてくれて知ってるけど、克己先生にも今報告してもいいですか？」

「父に？」

「はい。自分から言いたくて。今から電話したいです」

「そうか。きっと喜ぶな」

克己先生にも自分から言いたかったから、志野さんにも頼んでおいたのだ。

ソファに座って、玲志さんの隣で電話をかけた。克己先生はちょうど自宅に帰ったところだったようで、妊娠の話をすると急に言葉を詰まらせ、涙声で「そうか」と繰り返した。隣で聞いていた玲志さんは自分と同じだと苦笑する。そして、克己先生は最後に「おめでとう」と声を詰まらせながら言ってくれた。

私は克己先生の声を聞いて、まるで本当の父に言われたように嬉しかった。

夜は、玲志さんにバスルームに連れられ身体を丁寧に洗われて彼の腕の中で眠った。

ちなみに、普通の夫婦ならお風呂も一緒に入るよ、と突然告げられ、最初は驚いたけど、最近は少し慣れて時折一緒にお風呂にも入っている。

ベッドの中で彼の腕に包まれながら、一週間いなかっただけなのに、この腕の中が恋しくて堪らなかったんだと気づく。

玲志さんは、何度も遊ぶようにキスを落としていた。

私はずっと起きていたかったけど、最近の激しい眠気に抗えず、ウトウト眠ってしまっていた。すると、また昔の夢を見た。

＊＊＊

「彼女なんて言葉よく知ってるね」

「はぐらかした。ほんとうにかのじょなの？」

「違う違う。ただのクラスメイトだよ」

「あやしい」

「ハハハ、まるで浮気を疑われてる夫だな」

「笑い事じゃないですけど。日高さん、どうにか言ってくださいよ」

前も見た父の夢。いつも夢はここまでなのに、今日は続きがあった。

玲志さんは困ったように続ける。

「どうせ日高さんが、俺がモテるとか吹き込んだんでしょ。遥日すっかり疑ってるじゃないですか」

彼の口調は気を許している人に向ける声色で、実際そうだったんだろうと思う。父は少し考え真面目な顔で言う。

「そうだなぁ。玲志はこの人と決めたら浮気はしないタイプだとは思うぞ？」

「ほんと？」

幼い私は目を輝かせてた。そんな私に父は意地悪に言う。

「でも、その相手が遥日かどうかは分からないけどな」

「絶対、他の人じゃやだめぇ！」

ふぇぇええ、と幼い私は泣きはじめてしまった。本当に素直で感情豊かだったんだなと思う。玲志さんは父に困ったように怒った。

「もう、どうしてそういう泣かせるようなことを言うんですか」

「だってそうだろ。年齢差もあるし、それになにより俺はまだ遥日を嫁に出す気はないんだ！」

「当たり前でしょう！」

「だってさ、玲志ばっかり狡いんだもん」

「だもんって、あなたは子どもですか」

呆（あき）れてる玲志さんの表情も面白い。あまり記憶になかったけど、二人ってこんな感じだったんだ。

お墓参りのとき、『日高さんは特にうるさそうだから』という彼の言葉を思い出した。こんな父なら彼があぁ言うのも無理はない。

そのとき、病室の扉が開いた。

「あなたには私がいるんだから、若い子の恋路を邪魔しないの」

「里華さん！」

「ママ！」

入ってきたのはナーススクラブを着た母だ。

「点滴替えるわね」

そう言って、布団から父の手を出す。私が来たとき、いつも父は手を隠すように布団に入れていた。私はじっと父の腕を見ていた。

「また点滴増えた？」

「よく分かったな、遥日。これでもっと早く治るぞ！」

「……うん」

点滴だけでなく、チューブは頭も、腕も、身体も何本も繋がってた。父が治ると言うならきっと治るのだろうと思ってたけど、増えていく点滴を見るのは不安だった。

「私、二階の図書室いってくる」

そう言って、そのまま病室を出た。でもなんとなく図書室にいく気にならなくて、病室の前の椅子に座っていると、中から玲志さんと父の声が聞こえる。

『ほら、日高さんが意地悪言うからまだふてくされてるんですよ』

『まいったな。玲志、遥日をお願いできる？』

『いいんですか？』

『だって玲志でないと機嫌なおんないじゃん。ほんとうちの可愛い娘がべた惚れだよー！　狡いー』

『狡いって……。はいはい、いってきます』

玲志さんが扉を開ける。そしてすぐ扉横にいた私を見つけた。彼は怒ることもなく優しい声で言う。

「図書室にいかないなら外でもいく？」

「ううん、ここにいたい」

「そっか」

玲志さんも私の隣に座った。

そのときの私は一瞬でも遠くにいたら父がいなくなりそうで怖かったのかもしれない。でも、ずっと一緒にいるのも辛かった。治るのを確かめたくてよく質問してた。

「病院は病気を治すところなんでしょ？　れいしくんのパパもママもお手伝いしてくれてるんでしょ？　ママもいつも病気を治すお手伝いしてるんでしょ？　だからここにいればパパも治るんでしょ？　パパもいつも治るって言ってる」

それはずっと私が信じてきたことだった。それでも不安でみんなに肯定してほしくて治るんでしょって聞いてたんだ。今思えば、父はすでにそんな状態じゃなかった。

それでも玲志さんは頷いてくれた。

「うん」

「だから遥日もここにいてお手伝いする」

「そうか」

彼は静かに言った。私は立ち上がり病室に戻った。父は笑顔で迎えてくれた。

「遥日、図書室にしては早いな」

「図書室はやめてそこの椅子に座ってた」

父は怒るわけでもなく「そうか」と言った。

そのとき、克己先生と当時看護師だった志野さんも病室に来てくれた。

志野さんは私服だったので、勤務を終えたところみたいだ。

「あらぁ、今日も遥日ちゃんと玲志は一緒ねぇ」

「だめだぞ、遥日ちゃん。相手はしっかり選ばないと。私も日高も心から許せる相手を選んでよ」

「そうだな、玲志だとすぐには許せないな」

克己先生が言って私の父が続ける。玲志さんは二人の父に突っ込んでいた。

「許す許さない関係ないでしょうが。そもそも俺のどこにそんな不満があるんですか」

克己先生が言う。

「だって玲志って真面目だけだし。変に大人というかさ、勉強以外に必死になったことある？」

「真面目でなにが悪いんですか」

私の父まで加えた。

「玲志って一途そうなのはいいけど面白みには欠けるよなぁ。どうせなら真面目を突き詰めたら少しは面白くなるかもよ？」

「あなたたちは俺に一体なにを求めてるんですかっ」

「え、れいしくん真面目で面白くないからだめなの？　遥日、れいしくんが好きなのに！」

わーっと大きな声で私が泣いて、二人の父は母たちに怒られていた。いつだって私の父はベッドの上にいたけど、私はみんながいてくれる病院の空間が好きだった。

＊　＊　＊

次の日、玲志さんが大人になっていた。いや、夢で見た彼が昔の玲志さんっていうだけか。彼はすっかりスーツに着替えて、私を起こしてくれた。

「遥日？　そろそろ起きないと遅刻するぞ」

「はい」

「よく寝てたな。体調は大丈夫か？」

眠気はすごいけど、体調は大丈夫そう。頷いて起き上がるなり髪を撫でられ、額にキスをされる。

「おはよう」

「父の夢を見ました。昔の、いつも見る夢」

「あぁ」

「でも今日は続きがあって、母も出てきて。あと克己先生や志野さんも」

夢を思い出してつい笑う。

「玲志さん、真面目で面白くないからだめって言われてました」

「ハハ、そういえばそんなこともあったな。真面目を突き詰めれば少しは面白くなるとか無茶言われた。それからなんとなく真面目にやってきたけど、別に面白い人間になったとは思わないけどな」

「えっ……？」

「なに？」

「いえ……」

玲志さんが真面目すぎて変なところがあるのを思い出して笑ってしまう。玲志さんは不思議そうに私を見ていた。

「それに私って昔から黒瀬総合病院が大好きだったんだなぁとも思って」

「あぁ……それは本当にそうだよね。遥日は病院が好きだった」

「ふふっ」

思わず笑うと、玲志さんは困ったように眉を下げた。そして私の頬に触れる。

首をかしげた私の唇に彼の指が這う。

「俺はどんな手を使っても遥日の一番になりたかったんだ。ずっと日高さんのことを大人げないと思っていたけど、やっぱり俺の方が大人げなかったんだろうな」

彼はそう言って苦笑して、私の唇にキスを落とした。


しばらくして六月を迎え、玲志さんはずいぶん早く帰ってくるようになった。新しい医師や看護師も増え、忙しいながらも時間のやりくりをしているようだ。相変わらずどうしてもというときはもう一度夜に戻っていくけど、忙しい暮らしの中でも私を気遣ってくれるのが嬉しかったし、なにより彼の顔色も良くてホッとしていた。

「ただいま」

「おかえりなさい。早いんですね」

「あぁ、遥日一人だから心配で」

「大丈夫ですよ、もう一人じゃないから」

私は自分のお腹に触れる。まだお腹はそこまで大きくなってないけど、ここに赤ちゃんがいるんだとことあるごとに思う。お腹も前以上にすごく減るし。

「遥日」

玄関先のまま、キスを交わす。今日も朝から何度してるだろう。

起きたとき、食事が終わって片付けしてるときにふいに、それからいってらっしゃいのとき。帰ってきたときもこうしてすぐキスをする。

玲志さん、よく飽きないなと思うのだけど、私がしたいのだから飽きてもらっても困る。

それでも帰ってきたときのキスは一番濃厚で、息もできないからちょっと苦しいときも多い。一度理由を聞いたら、『たまたま男性患者と話してるのを見かけて嫉妬した』と言われた。

患者は男女半々だし、外科系統は医師も男性が多い。毎日男性と話すのなんて当たり前だ。

そんなわけで帰ってきたときのキスは毎日濃厚なものだった。

妊娠して、以前より強くなったらしい彼の独占欲には時々困る場合もあるけど、私にとって嬉しいことだった。

口内を全部奪うようなキスをされて、思わず顎を引くと、さらに顎を戻されてキスをされる。唇が離れてふっと笑い合った。

そういえば今日も男性患者と話しているときに、たまたま近くを通った玲志さんと目が合ったっけ。

(今日も嫉妬してました?)

目で聞くと、当たり前だ、と目を細めて返ってくる。

彼はそのまま私を抱きしめ背中を優しく叩く。

「遥日は温かいな」

「玲志さんは玲志さんの匂いがします」

「え? もしかしてくさい?」

「いいえ、病院の匂い、持って帰ってくれるから。お土産みたい」

ふふっと笑って、それから自分の発言を反芻して顔が熱くなった。

「あ。なんかめちゃくちゃ変態みたいな発言でした! 忘れてください!」

「よかった。女性は嫌いそうな匂いだろ。消毒液とか、血の匂いもどうしても混じるし。遥日は大丈夫なんだ? 血を見るのは苦手だったよな」

「はい。でも匂いは結構大丈夫で。病院にずっといたからかな。それに母も同じ匂いでした」

「里華さんはオペにもよく駆り出されていたしな」

彼は思い出したように鞄と一緒に持っていた紙袋を私の目の前に差し出した。

中を見ると容器におかずが入っている。

「本当のお土産。ほら、遥日ずっと貧血気味だろ。妊娠したらまた悪くなるからね。レバー煮が入ってる。今日のおかずは十分なら冷凍すれば大丈夫だって」

「レバーは少し苦手なんですけど」

「ワガママ言うな。これ、以前連れていった小料理屋の女将さんが作ったものだからおいしいと思うぞ」

「えぇ！　すぐ食べます！」

「……現金だな」

「だっておいしかったんですもん」

結婚前に店に伺ったときにどれも本当においしかったからよく覚えてる。料理教室に通いだした今も、あの店の味を再現するのは難しいと玲志さんにもこぼしていた。

作っていた食事もテーブルに並べ、いただいたレバー煮も食卓に並べた。

こわごわ一口食べてみると、以前食べたときのざらざらとした苦手な食感ではなく、口の中で柔らかく溶けていくようだった。

「おいしい！」

「よかった。今度は一緒に行こうな。食事だけでも十分おいしいから」

「はいっ」

一緒に食事をとって、ごちそうさま、と手を合わせたら、彼は当たり前みたいにキッチンにお皿を持っていく。私も持っていくと怒られた。

「家にいるときくらいは座ってて」

「でも玲志さんだって仕事から帰ってきたばかりじゃないですか」

「遥日だって仕事して食事も作ってくれてるだろ。それにこれはただ、俺がしたいだけだから」

「でも……」

言いかけた私を彼は無理やりにソファに座らせる。

「ほら座ってて。この前、本を買ってなかった？」

「あ、そうだ。読みかけのがたくさんあります」

子どもができて、つい妊娠と赤ちゃんに関する本を何冊か買っていた。ネットでもたくさん情報はあるけど、昔父と本をよく読んでいたせいか、いまだに本の方が読みやすく感じてしまう。

「俺もあとで読ませて。でも先に遥日が感じたことも聞きたいから遥日がどう思ったのか教えて」

「はい」

パラパラと本を読みながら、耳に心地いい音が聞こえてくる。お皿を洗う音、部屋の時計の音、時折遠くから聞こえる電車の音。

昔は忙しそうな看護師さんの足音や、バイタルサインモニタの機械の音。そして救急車の音。そんなものが自分の生活の中心だった。

ずいぶん自分の周りは変わったなと思う。変えてくれたのは、玲志さんだ。

食器を洗い終えた彼が、私の妊娠が発覚してすぐに入手してたノンカフェインコーヒーを淹れてきてくれて、私に一つカップを渡してくれた。

「どうぞ」

「ありがとうございます。いい香り……」

私が言うなり、玲志さんは微笑んで私の隣に座る。

「さっきね、私、昔とずいぶん変わったなって思ったんです。家族全員で過ごした思い出があるのが病院だったから、病院の中のあの少し騒がしくもある空間が一番好きだったんです。でも、いつの間にか、こんな静かで穏やかな時間も大好きだなぁって思うようになってて」

「そうか。俺も遥日との時間はなにより好きだな。それもあって患者さん自身の顔とご家族の顔が、以前より見えてる気がする」

玲志さんは以前患者さんに向き合えてないって言ってたことがある。そのときも、もう十分向き合ってたと思うのに。

「玲志さんは前からちゃんと見えてましたよ？　患者さんの治療にもいつも一生懸命だし」

「ありがとう」

玲志さんは笑って続けた。

「ただ、ここ数年は遥日の笑顔が見たかった部分も大きかったんだよ」

「え？」

「遥日さ、手術が成功したり、患者さんが退院したりするとよく嬉しそうに笑ってたろ。俺はあの笑顔が見たかった」

思わぬ告白に、私は目を見開く。

「ほ、本当ですか？」

「本当だ。遥日を好きになったきっかけってそういう積み重ねだと思う」

玲志さんは真面目な声で言った。

少し恥ずかしいけど、それを知れて嬉しかった。

「それに、俺が落ち込んでるとき、タイミングよく書類とか届けてくれただろ。遥日の顔を見るとやけにホッとした」

「でもあれ――」

言いかけて口を噤む。

そういえばあの書類、届けてたのは私の嘘だっていう話は伝えてなかった。

仕事に真面目な玲志さんに言ったら怒られそうなのもあって私は黙り込む。

「い、いや……なんでもありません」

「遥日？」

「そういえば明日の朝食は――」

「今、話を逸らそうとしたな。なに？」

話を逸らそうとしたのまでバレた。

「じゃあ、怒らないで聞いてくださいよ……」

泣きそうになりながら言うと「どれだけ怖いと思ってるんだ」とため息をついて玲

志さんは頷いた。

だって玲志さん、いくら私に甘くても仕事にはすごく真面目なんだもん。ダメなことはダメって淡々と詰められるので結構怖い。

でも言うほかない。

(もう嘘はつきたくないし……)

意を決して口を開いた。

「あ、あれ、実は私の恋を藤堂さんたちが応援してくれて、届け物があるときは渡してくれてたんです」

「……そうだったんだ」

(お、怒ってる? 不真面目だって思われてたらどうしよう)

考えるように玲志さんは顎に手を置く。

思わず頭を下げた。

「すみません、仕事なのに私的に利用してしまって……」

「いや、それで問題なく回るならいいとは思うが。違うんだ。俺はてっきり藤堂さんが、俺のために届けさせてくれているのかと思っていた。彼女は俺が遥日を好きだと知っていたからね」

「えっ……？」

「俺の気持ちに一番最初に気づいていたのは藤堂さんだ」

驚いて目を見開く。

(藤堂さん、私の気持ちだけじゃなく、玲志先生の気持ちも知ってた？)

ふいに、最初、藤堂さんに自分の気持ちを告げた場面がよみがえる。

——ファーストキスくらいは玲志先生とできたら一生の思い出になるだろうなぁ。

——それいいじゃない！　私、応援してあげるから任せて！

藤堂さん、目を輝かせて私の言葉に食いついていた。

「だからあんなに積極的に応援してくれてたの!?」

「思い当たるところがあるみたいだな」

「はい……」

「やっぱり最初からどちらの気持ちも知っていて、書類を渡すように仕組んでたんだな。食えない人だ」

玲志さんが困ったように笑って、その顔を見て私も笑ってしまう。

私たちを二人とも騙してたなんて。藤堂さんらしいな、と思った。

玲志さんは落ち着くと大きく息を吐く。

「でも、本当に遥日は昔から進歩してないよね。今もだけど、遥日は昔から俺にだけは結構嘘をついていた」

「えぇっ！　私、昔は嘘って全然ついてなかったですよ」

「ついてたよ。男の子にもらったお花、落ちてたとか言ってさ」

そんなの全く思い出せない。それこそ嘘じゃない？　と疑ってしまう。

玲志さんは、本当だよ、と笑って私の頬に触れた。

「考えてみれば遥日は昔から俺といるために嘘が必要だと思っていたんだろうな。あの父の誕生日の夜の嘘だってそうだ」

「あのときはあんな大きな嘘をついてすみませんでした」

「いいんだ。きちんと気持ちを伝えられなくて不安にさせた俺の責任。それに、あの夜は俺も嘘をついていたんだから」

きっぱり玲志さんは言った。思わず顔を上げる。

「う、嘘……って？」

「俺もあの日、遥日と一緒にいられるように嘘をついたんだ」

驚きに目が開く。そんな私を見て、玲志さんは穏やかに笑った。

十章　俺と彼女と父親たちの話

彼女の父親は、俺の父の親友だったけど、自分の親友のようにも感じていた。そんな不思議な人だった。

夕方、日高さんの病室に顔を出すと、遥日がベッドに突っ伏して寝ていた。

「遥日、寝ちゃったんですか？」

「あぁ、本を読んでたら突然電池が切れたみたいにね」

「ブランケットでも持ってきます」

「大丈夫。これ、かけとくから」

そう言って彼は自分が羽織っていたカーディガンを遥日にかける。そして、まるで宝物を扱うように、遥日の髪に触れた。

「遥日はいつか誰かと付き合うのかなぁ」

「そりゃそうでしょうね」

「ペアルックとか着て散歩してイチャイチャしちゃったりして。僕、それ見て怒っちゃうんだろうな」

「ペアルックで散歩って。ふる……」

思わず言うと、日高さんは膨れた表情をした。

「あ、今、オジさんだって馬鹿にしたな！」

「別に馬鹿にしてませんって。っていうか、日高さんってちょっと俺にだけあたりがきついですよね。父も同じですけど真面目だとか面白みがないだとか」

「だってさぁ、頭も顔もよくて、性格までよくて。しかもこの病院の病院長の息子とかさ。それですでに看護師さんたちだけでなく、遥日にまでも好かれてるとか、もう理不尽に当たるしかないじゃん！」

理由が子どもすぎる。

「やっぱりそんな理由でしょ」

「僕に勝てそうなの卓球くらいかも。元気になったら勝負したかったな。これだけは自信あるんだ」

「俺たぶん卓球は負けませんけど」

「えぇっ！　スポーツくらいは嘘でも負けてよ」

「俺が嘘で負けたら日高さんすぐ分かるだろうし、嬉しくないでしょう！」

「嘘だと分かっていても騙されたふりをしたままでいたい人はいるんだ。たとえば僕だ！　嘘でも遥日の前で玲志に勝ったら、遥日に見直してもらえるだろ！」

「あなたって人は……」

　その人はいつだって子どもみたいに怒ったり笑ったりしていて、遥日があれだけ天真爛漫に育つのが分かる気がした。遥日の笑顔は彼にそっくりで、誰もが父子だと一目で分かった。

　ふと彼は真面目な顔になり、窓の外を見て口を開く。

「あのさ、さっき、玲志と遥日との会話ちょっと聞こえちゃったんだ。『病院は病気を治すところなんでしょ？　だからここにいればパパも治るんでしょ？』って」

「……そうですか」

「僕さ、遥日に、『今は薬で悪い病気と闘ってる最中で、絶対治るよ』なんて嘘ついちゃったんだ。遥日はなんとなく分かっててみんなに確かめてるんだと思う」

「…………」

「玲志にまで嘘つかせてごめん。僕、遥日には泣かれたくないんだ。だから僕は最後までこの嘘はつき通したい」

　俺はその『最後まで』という言葉が悲しくて、寂しくて堪らなかった。もう自分の運命をすべて受け入れてる目の前の人の気持ちが悔しくなった。思わず口を開く。

「嘘じゃなくて本気にしちゃえばいいじゃないですか」

「え？」

「本当に回復してやれば、嘘じゃなくなります」

一瞬、日高さんは目を見開いた。そして、嬉しそうに破顔する。

「ハハッ。それもそうだな。回復するしかないな」

彼はもうそれは無理だと分かっていただろう。それでも日高さんは嬉しそうに笑って言うのだ。

「ありがとう、玲志。真面目な玲志が言うと嘘も本当になりそうだ」

正直、この人と仲良くなるたび、こうして生きて、喋(しゃべ)っている人が突然いなくなるなんて考えたくないと思っていた。

次の日、遥日が病院にやって来たとき、一人なのに珍しく手に花を持っていた。綺麗なひまわりが一輪。明るい遥日によく似合ってた。

「どうしたの？ それ綺麗だね。お見舞い？」

「ううん、これね、えーっとそこに落ちてた」

「落ちてた？」

思わず聞き返すと、遥日は視線を逸らして、うん、と言う。

遥日の嘘は分かりやすい。

俺は嘘だって分かったけど、へぇ、と言って続ける。

「どこに？」

「えっと、えーっと……」

「さっきのことなのに思い出せないの？」

「……うん」

なんだか隠すようなしぐさに、つい意地悪に聞いてしまう。

「誰にもらったの？　遥日、嘘は自分から告白した方がいいよ」

遥日は一瞬こちらを見て、それから「クラスの子がくれた」とポツリと言った。

「クラスの子？」

「えーっと……か、カオリちゃん」

「本当？」

言い方に嘘が潜んでると思ってそう聞いた。

遥日は迷った挙げ句、首を横に振る。

「本当はみたたろうくんっていう子」

「へぇ」

どうして遥日はそんな嘘をついたのか、俺にはそれが不思議だった。

本心では、遥日はみたたろうくんって子が好きなのかな、とも思った。

ついムッとしてしまう。普段の日高さんの分かりやすい嫉妬心と同じだ。

「それで『将来結婚してやってもいい』って言われた」

「え……」

さらに自分の顔がゆがんだ。

っていうか、やってもいいって。そんなのだめだろう。父も日高さんも怒るぞ。

俺だって、面白みもない俺なんかを好きだと慕ってくれる妹みたいな存在の遥日を、そんな男には渡せない、とつい思ってしまう。

しかし遥日はきっぱりと言った。

「でも遥日、たろうくんとは結婚しない」

「そう。それがいいかもね」

そのとき、胸の内がホッとしていると気づく。しかし遥日は太陽のような明るい笑顔で続けた。

「遥日、ずっとこの病院にいたいんだもん。れいしくんのお父さんもお母さんも、看護師さんも全員優しいし。パパもママもいるし。だかられいしくん、遥日が大きくなったらお嫁さんにしてね」

繰り返し聞いてきた言葉だが、俺はふと疑問に思い口を開く。

「もしかして遥日さ、俺が好きなんじゃなくて病院狙いだったの？」

「『びょういんねらい』ってなに？」

「遥日は、病院と俺とどっちが好きなの？」

ふと意地悪に聞いてしまった。そして一瞬で馬鹿らしくなった。こんなことを聞いてどうする。

「なんて別にどっちでも──」

誤魔化そうとしたところで、遥日の表情が固まったままになっていると気づく。

「え……そこは本気で悩むんだ」

全然俺に即決ではない。そのうえ──。

「病院！　れいしくんは一人だけど、病院はママもパパもれいしくんのお父さんもお母さんもたくさんいるから！」

──俺はあっさり病院に負けた。

静かに病室に入ってきた俺を見て、日高さんは首をかしげる。

「どうした？　玲志、元気ないな」

「いえ、別に」

「遥日は来てた？」

「遥日は先に図書室に行きました」

「あぁ、あの子が本好きだからね。まぁ、もっと好きなのは玲志だけど」

少し悔しそうに言いながら、それでも日高さんは笑う。俺は少し考え口を開いた。

「遥日は、俺じゃなくて病院が好きみたいです」

「え？」

「試しに聞いてみたんですよ。俺か病院かどっちが好きか。そしたら病院だって」

言うなり日高さんの目が開かれる。そして、こらえきれないように吹き出した。

「アハハハ！」

「すっごい嬉しそうに笑いますね」

「だって遥日らしいから」

日高さんの笑いはなかなか止まらなかった。それを見ていると、こちらも笑ってしまった。

「そっか、そっか。玲志もふられたか」

「別にふられたわけじゃないですけど。ちょっとショックだっただけで」

「ふはっ！」

また日高さんが吹き出す。しかも本気で嬉しそうに彼は笑い続けた。

「やっぱりめちゃくちゃ喜んでるじゃないですか！」

もっと幼い頃の遥日は日高さんと結婚すると言っていたらしい。

（そんなに俺に取られたのが悔しかったのか……）

別に自分だって、小学生の遥日相手に恋愛感情を持っているわけではなかったけど、そこまで喜ばれるとなんだか腑に落ちない。

日高さんはひとしきり笑い終えると笑いすぎて流れた涙を拭って呟いた。

「まだまだ両想いには遠いみたいだなぁ。確かにうちの遥日を狙うならとりあえず克己がこの病院の跡取りとして認めるくらいになってくれないと」

彼は、まるでいつかそうなるみたいな言い方をするな、とそのときは思っていた。

（跡取りどころか、医師にすらちゃんとなれるか分からないのに）

俺はそんなふうに考えていたけど、不思議と彼の言葉だけはずっと覚えていた。

そうやって数日が過ぎた。日高さんの容態は目に見えるほど悪くなっていった。

夜、父への届け物で病院に戻ると、日高さんの病室から話し声が聞こえた。

聞いちゃいけないと思いつつ、なんとなく足が止まってしまう。夜勤をしている里華さんと話しているらしいことは分かった。

『あの子にはこれまでも行きたい所とかやりたいこととか全部我慢させて、これからも我慢させ続けちゃうんだろうな』

遥日のことだと思った。

遥日が生まれたときにはもう日高さんは入退院を繰り返していて、三歳の頃には本格的な入院が増えた。日高さんは自分も辛いはずの治療をしているのに、いつだって遥日ばかり気にしていた。

『旅行とか行きたかったな。あ、部屋に露天風呂がついてるとことか小さいうちに行ってみたかった。大きくなったら絶対一緒に入ってくれないだろうし。それで風呂上がり卓球して。めちゃくちゃべたな家族旅行がしたいよなぁ』

そんないつかを語る彼の声は明るくて、それからほんの少し寂しそうだった。

『卓球なら、この前、一時帰宅したときにリビングのテーブルでしたでしょ。遥日、全然うまくないのに大はしゃぎして、もう一回ってしつこかったじゃない』

『そうだね。でも体力的にも一回しか相手してやれなかった』

『十分よ』

里華さんの声は努めて明るく出しているような声だった。

『遥日に弟か妹も欲しかったけど、里華に全部押し付けてしまうからいなくてよかったのかもしれない』

『なに言ってるの、二人目は退院したらね。三人でも四人でもいいわよ』

『……僕にはもっとやりたいことがあったんだ。もっと里華と見たい景色があったし、遥日に見せたいものだってあった。遥日はあの年で、普通にできる経験はなにもできてない。僕が入院してばかりで父親らしいことなんて一つもしてやれなかったから』

『私だって普通の親らしいことはしてあげられてないわよ。でも、あの子を思って、できることをできる範囲ですれば親なんだと思ってる。あなたはあの子が嬉しいときは一緒に笑ってくれて、悲しいときは一緒に泣いてくれる。十分すぎるくらいよ』

里華さんの声は聞いた覚えがないくらい暗かった。

『だからお願い、諦めないで。一日でも長く生きて。遥日と、私のために』

他人の俺が聞いてはいけなかったような気がした。

少しして里華さんが病室から出てきて、慌てて俺は踵を返し飲み物を買いに走った。

お茶とジュースを両方買ってから、もうほとんど自力で飲めなくなった日高さんを思い出す。少し悩んだけど、病室に足を向けていた。

お茶を渡した俺に「ありがとう、飲みたかったんだ」と彼は笑った。

日高さんは本当に嘘つきだ。それでもその嘘にずっと付き合っていたかった。嘘が本当になれと心から願った。

ベッドサイドの椅子に腰を下ろしたとき、日高さんが掠(かす)れた声で言う。

「聞いてたんだろ」

「いえ?」

「目が赤い」

「まさかっ」

慌てて目を隠す。すると日高さんは苦笑した。

「ほーら、玲志はまだまだ嘘が下手だな。そんなんじゃ、克己に認められるような医師になれないぞ。克己は今日も冷静な顔をしてたんだ。もう治療が続けられないっていう話のときもさ」

そう言って彼は笑う。父は日高さんとすごく仲が良かった。

日高さんの病気がもう治らないものだと分かっていても諦め悪く治療の道を探って

いた。そんな父がそう言ったのか。

「………」

「あとは頼んだぞ、玲志。たまにでもいいからさ、遥日に病院以外の景色も見せてやってよ」

「いや、なに言ってるんですか。全部日高さんが遥日としないと意味ないでしょ」

「そんなことないさ。人になにかを託すのは悪いことじゃないよ」

日高さんはそう言って微笑んだ。

——それから一週間後。日高さんは亡くなった。

日高さんのお葬式のあとから、遥日は泣くことはなくなった。里華さんはほとんど休暇も取らず、遥日のため、とすぐに働きだす。誰の目にも仲の良かった夫婦だ。彼女も耐えきれなかったのだと思う。

そして以前はワガママだった遥日は姿を消し、遥日はどんどん『いい子』になった。里華さんを気遣ってのことだろうけど、それが里華さんは気がかりだと悩んでいた。父は院内学童を作ると決め、遥日はそこに通いだして、母や藤堂さんのおかげもあり少しずつ子どもらしさを取り戻した。小学生の間は、日高さんがいたときと同じように病院で過ごすことが多かったと思う。

その間、俺は医学部を卒業し、医師免許を取り、大学での初期研修もそれなりにこなしていた。遥日と直接顔を合わせる機会は減っていたけど、俺は遥日が元気そうだと父や母から聞くたびにホッとしていた。

そして後期研修医として黒瀬総合病院に入った俺を里華さんは嬉しそうに迎えた。

「やっぱりイケメンは白衣が似合うわねぇ。申し訳ないけど、恋愛してる時間はないわよ。コキ使うからね」

「遠慮なく厳しくしてやって。私がまだ脳外にいたらめちゃくちゃ鍛えたのに」

ちょうどいた母まで言う。母が脳外科ではなくなっていてよかったと心から思った。

「玲志くんに会ったら遥日も喜ぶわ」

「遥日、最近どうしてますか？」

「もう中学生だからなかなかここには顔出さないけど、毎日部活や勉強で忙しそうよ。写真見る？　最近はずっと会ってないものね」

「え、いいですよ」

「可愛いわよぉ！　急に女の子らしくなって。こんな大きくて可愛げのない息子じゃなくて、遥日ちゃんみたいな娘が欲しかったわ」

「身長は縮まらないんだから仕方ないでしょう」

「本当に遥日に分けてあげてほしいわ。あの子、クラスで前から二番目で落ち込んでるの。アイスとかチーズケーキとか好きなものは驚くくらい食べるのに、縦にも横にも全然増えないわ」

「身長なら玲志のをいくらでも分けてあげたいくらい！」

いつだって母さんも里華さんも二人で楽しそうに笑っていた。でも仕事に入れば、手際も良くて正確で、信頼もされていた。特に里華さんのオペ出しは父も信頼するレベルで、里華さんにフォローしてもらっていた新人医師も多い。俺もそのうちの一人で、里華さんはプライベートとは関係なく、職場の先輩としてかなり尊敬していた。

しかし、一年もしない間に、里華さんが勤務から帰る途中で事故に巻き込まれる。黒瀬総合病院に救急搬送されてきて、病院に着く直前に心臓が止まってしまっていた。

その日、救急で対応していた父は、亡くなっていると分かっても、何度も蘇生を試みたそうだ。

遥日は現場を見ていて、貧血を起こして倒れた。怖いくらい赤い朝焼けの朝だった。

それから遥日は、極端に血を見るのがだめになってしまった。

葬儀の日、今まで会ったことのない里華さんの遠縁の親戚だという男女がやって来た。小さなスーパーを切り盛りしている夫婦は、遥日には目もくれなかった。だけど親戚だから遥日を引き取ると言うのだ。

里華さんは自分に多くの生命保険をかけていて、日高さんの持っていた土地も併せてもし自分になにかあっても遥日を大学くらい出してあげたいと思っていたようだ。遥日を引き取りたいという夫婦はちょうどスーパーの経営が傾いていた最中、遥日の相続する遺産と保険金目当てに思えた。

話を聞いた俺は、弔問客に頭を下げている遥日の方に走っていた。

「遥日！」

「今日は来てくださってありがとうございます」

久しぶりに直接会った遥日は昔とはずいぶん違って青白い顔をしていて、俺は言葉に詰まった。でもどうしても言わずにいられなかった。

「本当に親戚の家にいくのか？」

「はい」

遥日ははっきりと頷いた。たぶん彼女は全部分かっているような気がした。

あとになって俺の両親も遥日をうちで引き取りたいと何度か言ったけど、相手は遠縁でも親戚で、その後も遥日にも直接会わせてもらえなかったと知った。

母は母でなにかを思い、仕事を辞めると決めた。これまでどれだけ親戚になにを言われても仕事は辞めなかった母が急にだ。

それから遥日は病院にも顔を出さなくなった。

でも一度だけ。本当に偶然、遥日を駅で見かけた。遥日の表情は暗く、以前よりずいぶんやせ細って見えた。駅から見える病院の建物をじっと眺めていた。

俺は思わず走って話しかけてしまっていた。

「犬好き？」

「え……？」

今考えてみれば、最低な誘い方のような気もするが、全然いい方法が思い浮かばなかったんだ。

自宅には母がいるだろうし、母にも会わせてあげたかったから。

自宅に着くなり、母は遥日を見て泣きそうな顔で喜んで、遥日はジャックと遊んで、母と話していた。

遥日は母がなにを聞いても「大丈夫です」としか言わなかったけど、最初よりは晴れ晴れした表情で帰っていった。

その日の夕食時、母は意を決したように口を開く。

「聞いてみたら十八には出ていく約束をしていて、大学も行かないって。そこからでも遥日ちゃん、うちで引き取れないかしら。大学だって行きたいならうちから出してあげられたら——」

「ただ、遥日ちゃんは頷かないだろうな」

父が言うなり、母は黙り込む。母も今日話していて、そうだと思ったんだろう。遥日は人に迷惑をかけそうなことは極端に避けていたから。父は口を開く。

「あの子は強い。親戚の家でもなんとかやっているみたいだ。学校もちゃんと通っている」

「……なぜ知っているんです？」

俺は思わず聞いていた。これまで父が遥日の今の話をした試しはなかったから、当然知らないものだと思っていた。

「遥日ちゃんが通っている高校の校長が私の同期なんだ。そちらから聞いてる。日高とも同期だからそいつも気にしてくれているみたいだ」

飄々とした表情で父は言う。ならなぜ今まで教えてくれなかったんだと思った。

思わず眉を寄せた俺を見て、父は息を吐く。

「今、お前を心配させても意味がないだろ。お前は今、脳外科医として身につけなければならないことが山積している。遥日ちゃんは遥日ちゃんで、スーパーの手伝いを毎日して、学校もちゃんと行って、なんとか暮らしていけてるんだ。彼女はしんどくても苦しくてもやるって決めてる。それに彼女自身が早く就職して、誰にも迷惑かけないように自立したいって希望なんだ。担任も何度か話したけど曲げないって」

「そう……ですか」

『誰にも迷惑をかけないように』という理由であることが胸を痛める。父は続けた。

「だから『医療事務の資格を取って病院への就職を目指してみたらどうか』と友人から遥日ちゃんの担任に伝えてみた。本人が選ぶかどうかはまだ分からないがな。もちろん勧めた就職先は――」

その言葉に思わず父の顔を見る。父は微笑んだ。

父は俺の考えているよりもっと先を考えていて少し悔しい気もしたのだけれど、この優しくて腹黒そうな人が父で本当によかったと思っていた。

そして二年後の四月、黒瀬総合病院の外科の総合受付に遥日が入ってくる。

遥日は担任から資格と就職先の候補の話を聞いた途端に目を輝かせて、すぐに勉強をはじめ、資格も取得したそうだ。これまでどこでもいいから就職して家を出なきゃ、と考えていたようだが、本当に水を得た魚のように嬉しそうに勉強していたらしい。

それを聞いて、嬉しさと同時に胸が痛んだ。

「芦沢遥日です。よろしくお願いします」

染みついたような作り笑いの遥日を見て、俺はどうしようもなく、日高さんと里華さんと一緒にいたときの元気で明るい遥日にもう一度会いたくなった。

十一章　俺と彼女の話

そして遥日が入って二年が経った頃には、俺は遥日を女性として好きになっていた。

だけど、その頃、どうしてもその感情がバレてはいけない人がいた。

廊下ですれ違ったとき、つい遥日の後ろ姿を見つめていた。後ろからやって来た父がぴたりと俺の背中にくっついて耳元で囁く。

「うちの受付、やらしい目で見たら訴えるぞ」

「見てません。遥日は妹みたいなものだと言ったでしょう」

真顔で返すと、父は「それならよかった」と信じたように息を吐いた。

父は遥日の相手について、医師は嫌だ、それに自分の認めた相手でないと嫌だ、と勝手に本気で考えているようで、特に気を付けて過ごしていた。明らかに実力も足りない今の状況で自分の気持ちを知られるわけにはいかなかった。

変に父が焦って、遥日に男を紹介するなんておかしな行動をとられても困る。しかもその頃の父の様子と発言を見ていても、ない話には思えなかった。

父はふいに俺に言う。

「そういえば先月入院してた久志本政務官に、お嬢さんとのお見合いを勧められたんだって？」

「……なんで知っているんですか」

「私のところにも来たから。私からも勧めてくれってさ。お嬢さんがお見舞いに来たときに、お前に一目ぼれしたらしいな。いいじゃないか。綺麗な人だったし、久志本さんのお嬢さんなら完璧だ。早く結婚して、子どもの顔でも見せてくれよ」

父は時折、俺を早く結婚させたいような発言をした。なにかを感じていたのかもしれない。

「んー……」

言葉を濁して、俺はどう返すのが一番いいのか考える。

ちょうど看護師の鳴本さんが横を通って挨拶された。二人で挨拶し返して、話を続けた。

「断ると病院に差しさわりがありますか？」

「ま、多少な」

「どうしても病院のために必要なら見合いをしてもいいと思っていますが、今のこの病院にそんな後ろ盾が必要ですか？　あなたが作り上げた黒瀬総合病院はそんな小さなことでは揺るがないと思いますが」

これ以上見合い話を進められないように、そして挑発するように言って続ける。

「この手の話はもう少し待っていただけませんか。結婚に全く興味がないわけではありませんが、私もまだそれだけの度量が自分にはないと思っていますから」

これも本心だが、父に自分の恋心を見抜かれないための言葉でもあった。真剣な俺の目を見て、父は納得したように去っていった。

俺は心底安堵していた。

そのあと少しして、病院近くのダイニングバーに足を踏み入れると、藤堂さんが俺を見て目を丸くした。ここに来たのは二回目だった。

「結局いるんですね」

「たまたまです」

と言いつつ、藤堂さんから、呑んだ遥日を連れて帰ったら、暑いと言って服を脱いだと聞いたあとだった。

俺は藤堂さんにもそんな遥日を見せたくなくて、できる限り彼女を自宅まで送り届けるようにしていたのだ。

それが分かっているのか、藤堂さんも遥日と呑むときはそれとなく教えてくれた。


「そうですかぁ。今日ここで遥日ちゃんと呑むって教えた甲斐がありました。ちなみに遥日ちゃんは今、お手洗いです」

ふふ、と藤堂さんは目を細める。

「聞いてません」

「目が聞いてましたよ」

そう言って藤堂さんは続ける。

「遥日ちゃんは先生の行きつけだからって喜んでましたよ？　行きつけになったのが先か、遥日ちゃんと私がここで呑むようになったのが先かどっちなんでしょうかね」

「絡まないでくださいよ。酔ってますね。一緒に送ります」

「私はダンナが迎えに来るのでいいですぅ」

愉しそうに藤堂さんは笑う。そうしていると、遥日が戻ってきた。

足元がおぼつかない。どれだけ呑ませたんですか、と視線で文句を言うと、藤堂さんはたった二杯よ、と言うように人差し指と中指をだした。

「あれぇ？　先生……？」

「先生、遥日ちゃんちのお隣に引っ越したんですよね？　送ってあげてくださいね」

「なんでそれ知ってるんですか」

「遥日ちゃんが驚いて教えてくれたから」

「引っ越したのではなく、近くに休める場所を借りただけです。自宅は遠いので」

「はいはい、どちらにしても早く」

「行こう」

遥日の腕を持つ。華奢（きゃしゃ）な腕に一瞬掴んでいた手の力を緩めた。

「ちょっとまってくらさい、お会計……」

遥日がごそごそと鞄を探っているとき、藤堂さんは俺の耳元に唇を寄せてくる。

「襲ってもいいですけどちゃんと責任は取ってくださいねぇ」

「なに言ってるんですか。襲っちゃだめに決まってるでしょう」

引っ越したのだって、母が、遥日がボロアパートに一人で住んでいるのが心配だと言うから半ば無理やりに隣の部屋を借りさせられただけだ。

みんな、なにを考えているんだ。

実は遥日が好きなんだと自覚してからの俺の理性は結構危なかったのに、俺なら大丈夫だと変な信頼感は持たれているし、藤堂さんはなぜかどんどん煽ってくるし、正直、それには困っていた。

はぁ、と息を吐いて、眠ってしまった遥日をおぶってアパートの階段を上る。

背中に遥日の吐息を感じながら、これは患者だ、と無理やりに自分に信じ込ませて歩いた。

「着いたぞ、芦沢さん。鍵」

「先生……」

「起きた？」

すとん、と下ろし、彼女に鍵を開けさせる。玄関の中に入った彼女は頭を下げた。

「ありがとうございます」

「いや、隣だから気にしないで」

ほとんど帰ってないけど。というか遥日を送るとき以外使っていない部屋だけど。

しかし彼女は少し考えて、俺を見つめた。

「あ、あのぉ、そうだ、こういうときはえっと」

「ん？」

「部屋でコーヒーでも飲んでいきませんか？」

はぁ、と深く息を吐いてしまう。すぐさま外開きになっている玄関扉を持った。

「結・構・だ」

「ひゃっ！」

思ったより勢いよく扉は閉まった。閉まってすぐ、俺はガシガシと頭をかく。

「はぁ……、一体誰の入れ知恵だ。お願いだから変なことを教えないでくれよ！」

どれだけこっちが我慢してると思っているんだ。なのに、なぜか遥日まで周りの口車に乗っている。

本当はそれに便乗して、遥日に自分の気持ちを伝えられればどれだけいいか。

だけどそんなこと、今できるはずがなかった。してしまえばもう我慢なんてできるはずもない。

（まだ、もう少し。もう少しだ……）

「いつか、覚えてろ」

これまで俺を翻弄し続けた彼女を本気で篭絡するつもりでいた。いつかといっても、もう遠くない未来まで来ている。

それもあって、今、必死にやっているんだ。だってそうだろ？

——お前みたいなただの若手が遥日ちゃんに気軽に声をかけちゃだめに決まってるだろ。一メートル以上の距離を保て。あと、絶対手出し禁止！

——うちの遥日を狙うならとりあえず克己が跡取りとして認めるくらいになってくれないと。

二人の父親は本当に好き勝手言うんだから。でも、その人たちに認めてもらえないと意味がない。

それになにより——。

病院の後継ぎとしての地位も確立しておかないと、彼女にも心から喜んで受け入れてもらえないと思っていたんだ。

それでもそれまでの間だって彼女のことは心配で、藤堂さんは顔を合わせられそうなときは必ず連絡をくれた。

「玲志先生。ごめんらさい、迷惑かけて」

彼女も相変わらず無防備な姿を俺に見せた。

嫌われてはいないと思う。だけど、恋愛として好きだと思われているかどうかは疑わしかった。間違いなく自分の方が、愛が重い自覚だってあった。信じられないぐらい毎日重くなっていた。

「ほら、早く入って鍵を閉めて」

彼女を部屋に入れて鍵を閉めるように言っても、彼女はスーツの手首の部分をきゅ、と掴むだけ。

そして、酔っているのか赤い目で呟く。

「こーひーでものんれいきませんか？」

だけど、こうして三回も誘われて断る身にもなってくれ。

毎回どんな思いで断っているのか、彼女は知らない。

なんだかすごく苛々(いらいら)して、つい、彼女の手首を掴んだ。

「……それ、意味分かって言ってる？　それとも誰にでも言うの？」

彼女の目が見開かれる。一瞬、泣きそうに彼女の表情がゆがんだ。

（しまった、やりすぎた！）

彼女は確実に男慣れしていないことは分かっていた。男女のこういったこともどこまで知ってるのかあやしいものだ。そんな彼女にこんなふうに言えば、怖がらせるに決まっている。

反省したところで、彼女が赤い目のまま俺を見る。

「そんなのれいしせんせい、だからにきまってるれしょう！」

本当、だろうか。嬉しさに心が弾む。

(遥日も俺のこと男性として好きだと思ってくれていた?)

はじめて遥日がそう言ってくれて、足が進みそうになった。自分が酔っていたら絶対に入っていただろう。だけどぐっと我慢する。ここまで持ちこたえてきたんだ。

しかし、遥日の赤い顔を見るなり足は勝手に進んでいた。

思わず遥日の手を掴む。彼女はまた嬉しそうにへにゃ、と顔を緩ませる。自分の忍耐力が最後の最後で切れたと思った。

彼女の顎に手を添える。そのとき——。

「わらしねぇ、ずっとあの病院にいれてうれしいんれす。これからもずっといたいんれすよぉ」

遥日の声がすっと自分を現実に戻してくれた。

慌てて遥日に鍵を閉めるように声をかけて、玄関から出る。普段そんなことしないのに、つい空を見上げていた。

「あれからずっとそうみたいですよ、日高さん」

彼女はいつだって病院が中心だ。

あのとき日高さんは笑っていたし、自分だって別にそんなの気にもしていなかったのに。

――遥日は、病院と俺とどっちが好きなの？

――病院！　れいしくんは一人だけど、病院はママもパパもれいしくんのお父さんもお母さんもたくさんいるから！

今になって、あの言葉がずっと自分の心の中にひっかかっていたと知る。そしてその分、もう戻れないほど彼女に嵌まってしまっている事実を自覚するしかなかった。

深夜。スタッフステーションで電子カルテを見終わったとき、隣で投薬や点滴の準備をしていた藤堂さんが口を開いた。

「ねぇ、玲志先生」

「なんですか」

「私ね、先生の方が遥日ちゃんのこと、好きだと思ってました」

思わず周りを見渡す。藤堂さんは「夜間巡回で今は私以外誰もいませんよ」と笑った。分かってて言ったな、と思いながらあっさり返す。

「どうでしょうね」

「やっぱり好きなんじゃん」

はぁ、と諦めて息を吐いた。もう絶対に分かっているだろうと思いながら明言したことはなかったのだ。

でも、遥日が病院に来て四年、遥日を好きな気持ちに気づいて約二年。

自分でもおかしくなりそうなほど我慢して、それでも日に日に思いが募ってきてるのが分かるので、近くにいる藤堂さんが分からないわけないよな、と思って頷いた。

俺はもっぱら父には気づかれないように警戒していたけど、藤堂さんには少し気が緩んでいたから余計だ。

「えぇ、好きです。あんな一回りも下の彼女が好きです。情けないですが」

「年齢は関係ないでしょ。うちだって夫は一回り年上だし」

彼女の夫はこの病院の小児科医だった。もう病院の医師としては引退しているが、今は大学で特任教授となって教鞭をとっている。

「そういえばそうでしたね」

「本人たちがよければ周りはどうこういう問題じゃないわ。夫婦の普通なんてそれぞれが決めるの。年が近くても冷めてる夫婦もいれば、一回り離れてても毎日恥ずかしいくらいイチャイチャしてる夫婦だっているでしょ」

「それもそうですね」

遥日といられるなら、これまでの分、当たり前にくっついているのを自分たちの普通にしたいな、と思っていた。

「それに私も結婚してからほとんど後悔なんてないし」

「少しは後悔があるんですか？」

「ま、うちの場合もね、結婚まで時間がかかったから。もっと早く結婚しておけばよかったなぁって思ったの。そしたらもっと長く堂々と一緒にいられただろうし」

彼女はそう言って笑ったけど、本心だと思った。自分もそれには考えさせられるところがあった。彼女は黙り込んだ俺の背中を激しく叩いた。

「どのみち早くしないとトンビにさらわれますよー！　もう二十二歳になりますし、今日も患者さんから退院したらデートしてくれって声をかけられてたみたいですよ。本人は誘われてるって本気で気づいてないから笑ってますけど」

「え……」

「先生が知って、撃退してる件数よりもっとあるんですから」

そっと撃退していたのも知っていたのか。やっぱり油断ならない。

「あとほら、遥日ちゃんと同じ日に入った内科のドクターも。えっと――」

「あぁ……知ってます。きちんとくぎを刺しておく予定です」

「玲志先生の今の顔見ただけで震えあがるわよ……。もう、早く遥日ちゃんに気持ち伝えちゃえばいいのに。もどかしい」

「ここを継げるくらいの実力を持たないと、父たちも、彼女も、納得させられないんですよ」

昔の自分はここを継ぐかどうかなんて本気で考えてなかったし、実際尊敬できる医師が周りに多かったので、自分は後継者にならなくてもいいんじゃないかと思ったときもある。

だけど、今は後継者になりたいと心から願っている。ちゃんと実力を認められて、父にも認められて、この病院を守る後継者に。

――そう強く思ったのは間違いなく遥日のせいだ。

＊＊＊

脳外科は協力してオペをするなんてことはほとんどなくて、基本的には個人の技術にゆだねられている。

頭蓋底(ずがいてい)の動脈瘤(どうみゃくりゅう)。そこに到達するまでにも重要な神経や血管がいくつも張り巡らされていた。そのどれを傷つけても障がい、または死に直結してしまう。

緊張しないと言えば嘘になるが、研修医時代から脳外の認定医をとるまで、そして取ってからも父親である克己病院長のオペを間近で数多く見てきたせいか、瘤にたどり着くまでの道筋が見えるようだった。

これは父親も同じように言っていて当たり前だと思っていたが、どうも他の医師は基本的にはMRIデータのモニターに頼る比率が多いと知って驚いた。

しかしそれだけではだめで、他の血管や神経を傷つけないようにしなければならず、さらに極端に狭い術野で対応しなければならない。桁外れの手先の器用さと正確さが要求される。

オペ開始から二時間が経った頃、目的の瘤にたどり着いた。

「あぁ、これだ。あった。タイマーお願いします」

「はい、二十分セットしました」

「じゃ、いこうか」

簡単に言えば、大きくなりすぎてしまった大動脈の瘤はいつ破裂するのか分からない。だから、その前後の血管を別から取ってきた血管で繋いで迂回路を作る。ただ、その間はもちろん脳の血流を止める必要がある。さらに時間は二十分以内でないと患者は亡くなる。焦って他の血管を傷つけても同じことだ。

「残り十五分です」

声が響く。周りの音は静かだった。手術用顕微鏡の先、自分の手元と血管しか見えていない。今回は想定していたよりほんの少しだけ細い血管だった。

「残り十分」

直径一ミリ以下の血管の縫合に入る。時間制限があるとはいえ、慌てることはない。今回の血管の細さに合わせて、いつもよりほんの少し細かく、そしていつも通り正確に一定の間隔で血管を縫っていくだけだ。

「残り五分」

本当はたぶんもっと速くできるのかもしれない。それでもまだ若い今は正確さの方が重要だと感じられた。これから先の患者の人生がもっと長いように、使える時間はじっくり使って、その中で一つの失敗もしないことを心がける。

「残り三分です……二分」

「はい、終わった」

周りから息が漏れる。みんな息を止めて見入っていたようだった。しかし、まだオペは終わってはいない。

「山場は超えたけど、まだ続くからよろしくお願いします」

「はいっ」

「マイクロ鉗子(かんし)」

ここまでくると大きな関門を抜けたことで少し声が明るくなる医師も多いが、まだ目の前には一つの気の緩みも許されない神経が張り巡らされていた。

だからこそ、いつだって俺は少しゆっくりでも、その場その場の状況で最善のルートを取るように努めていたのだ。


手術を終え、息つく暇なく外来診察をして、他の業務にかかっていたら夜になっていた。

休憩室で軽食をとっていると、父が入ってくる。

お疲れ様です、と頭を下げた俺に父は言い放った。

「今日のオペ、私ならあと五分は短縮できた。その分患者の負担も減る」

「はい、分かっています」

きっと父ならさらりと十分もかからずにやってのけるのだろう。分かってはいるけど自分の持てる精一杯は今あれだけだ。

「ただ、クリッピングもバイパス手術も完璧だった」

「ありがとうございます」

褒めることは基本ないと言っても過言ではない父に褒められるのは不思議な感じがした。このあと、しっかり落とされそうだな、と覚悟したところで、父は続ける。

「正直、ここまで早く一人前になるなんて考えてなかった」

「………」

しっかり褒められて驚いた。思わず口角が上がる。

「それは認められたととってよろしいのでしょうか？」

俺がきっぱりと聞くと、父は少しして頷いた。

――これで、やっとだ。

俺は立ち上がり、父に向き合って続けた。

「ありがとうございます。なら、私から遥日にアプローチしても問題ないということですね」

父の目が驚きに開かれる。それもそうだ。今まで一番気づかれないよう、細心の注意を払って警戒してきた相手だ。

俺の発言が理解できたのか、父の身体はわなわなと震えた。そのまま俺を指さす。

「お前、遥日ちゃんは妹みたいなものだとさんざん……！」

「それはそうですよ、俺が本心を言っても実力をつけないと絶対に認めなかったでしょう」

「それはそうだが、つけたとしても」

「あなたは若手で頼りないから反対されていたのでしょう？　それに病院しか見えていないからと。大丈夫です、実力も認められましたし、遥日もきちんと大事にします」

「しかし——」

「まだなにか？」

言い返すと父は閉口した。それから少ししてゆっくり口を開く。

「……私を騙したのか」

「まさか。ただ、そうするのがゆっくりでも最善のルートだと思ったんです。あなたが私の気持ちに気づけばどう邪魔されるか分かりませんから」

父は悔しそうな表情をして、それから諦めたようにため息をついた。

「私は正直、彼女には医師以外と結婚してほしかったんだ。実際、そろそろ見合いを勧めようとしてた。家庭では病院のことなんて忘れて幸せになってほしかったから」

「すみません、私が諦められませんでした」

はっきり言って父をじっと見つめる。見合いを勧めようとしてたなんて聞いたから余計だ。曲げるつもりなんてなかった。

父は深いため息をつく。

「……お願いだから大事な友人の娘さんを傷つけるような真似だけはしないでくれよ」

「分かってます。遥日の様子を見ながらベストな道を選ぶように心がけます」

次の日は父の誕生日も兼ねたパーティーだった。その日、父はもしかすると今後の話を公表するかもしれない、と呟いた。

きっと今は空きポストになっている副病院長のことだと思った。その席に座る自信はあった。

その日、俺は早めにホテルに向かい、ホテルのフロントである頼みごとの確認をしていた。くるりと振り向くと、両親が立っている。

「玲志、どうした?」

「いえ……本日はお誕生日おめでとうございます」

「なにか浮かれてるな?」

「やっとですから」

俺が言うと、父は眉を顰めた。しかし──。

『来年の四月から、今は空きポストになっている副病院長に彼を就任させようと思います。そしてそのまま彼が後継者としての努力を惜しまないのであれば、次期病院長にも推すつもりでいます。それまでどうかまた皆さんの目で、彼が本当に病院長にふさわしいかどうか見極めていただけないでしょうか。全員が納得する形で彼を病院長に推せればと思っています』

その夜、そんな話を父がして深いお辞儀をした。

(これでやっと動きだせる)

ふと遥日に目をやった。遥日は大きな目をさらに開いて、泣きそうな顔をしていた。

その表情がやけに気にかかった。

先生方や看護師さんたちと話しながら、遥日の姿を目で追った。藤堂さんはそれに気づくと、本当なのか嘘なのか『遥日ちゃん、なにか話があるって言ってましたよ』と言い、鳴本さんたちも、そうですよ、と頷いた。

遥日に一歩近づくたび、心臓が跳ね上がるような錯覚を覚える。

これまでずっと我慢していた。遥日が俺を通して病院を見ていることも知っていたから余計だ。

遥日の恋とも呼べない恋心は俺の目から見ると半分憧れ、それに病院への愛着心が多く混じっていて、俺のものとは全く違う色のように思った。

どんな手を使ってもその色をこれから塗り替えようと思っていた。

酔っぱらったふりをして彼女に連れて出てもらう。父の妨害は空気を読んだらしい女性陣がガードしてくれて、どうにか彼女は俺を連れて会場を出た。

少し体重をかけてしまうと、小さな彼女はすぐに歩けなくなる。ロビーの椅子に俺を座らせ、まっすぐフロントに歩いていった。

「あの、今夜の部屋ってあいてませんか？」

「お名前をお伺いしてもよろしいでしょうか？」

「私、芦沢遥日といいまして……いや、あの、ちがって、あいてたらって」

「芦沢遥日さま、部屋にはすぐ入っていただけます」

「本当ですか！　よろしくお願いします」

それはあるはずだ。彼女の名前を伝えて予約してあるのだから。

部屋は三十二階だ。

中に足を踏み入れるなり、「高い場所ってこんな感じなんだ、知らなかったな」と彼女が呟いた。こんな景色もこれからたくさん見せてあげたくなった。

俺はもともと、すぐに起きて彼女に告白し、それから彼女が許すなら彼女を自分のものにしてしまおうと考えていた。

だけど、さっきの会場での彼女の泣きそうな顔を思い出して、計画を変更し、少し様子を見るために、ベッドで寝たふりをしていた。

すると、彼女は言う。

「最後に、こうして二人きりになれてよかった」

なんで過去形なんだ。決して嫌われてはないと思っていたが、まさか飽きられたのか？

内心焦っていた俺に彼女は続ける。

「先生は志野さんみたいな素敵な女性と結婚してくださいね。病院にとってそれが一番いいですし。私――ちゃんと諦めましたから」

（は？　諦める？）

ふいにまた会場で見せた彼女の泣きそうな顔を思い出す。

彼女は俺との将来より、病院の将来を大事に感じているんだ。言葉からもそう感じた。

――わらしねぇ、ずっとあの病院にいれてうれしいんれす。これからもずっといたいんれすよぉ。

酔っぱらったときの彼女の言葉まで思い出す。

彼女の心の真ん中には俺なんかではなく病院がしっかり根付いていると再度つきつけられる。

（まだ病院が一番か。……でももう俺から離れるなんて許さない）

本当はすぐにでも彼女の身体も全部自分のものにしてしまいたかったけれど、それじゃ意味がないと思った。

さらに病院が一番大事な彼女相手では簡単に好きだと伝えても頷かないだろうとも思った。

彼女が無理にでも俺とちゃんと向き合って、俺を心から好きだと感じてくれないと。

――すべてはそこからだ。

俺の心は今まで以上に決まっていた。

そしてその夜、俺は計画を変更した。

俺は自分の手の届かない場所で彼女が幸せになるのを見守るのではなく、どうしても自分の手で彼女を幸せにしたかったんだ。

最終章　隠されていた真実×告げられる真実

――俺もあの日、遥日と一緒にいられるように嘘をついたんだ。

嘘って……。彼はなんの話をしているのだろう。

私たちはあの日、ホテルに泊まった。

そもそもホテルが満室なら泊まりもしなかった。だけど部屋はあいていた。

私は暑くて脱いじゃって、玲志さんは誤解から結婚しようと言ってくれた。

だけど、もともと玲志さんは私を好きでいてくれていて……。全部が偶然にはじまったけど偶然にうまくいった。

「俺はあの日、素直に自分の気持ちを伝えて、遥日をちょっと無理やりでも篭絡して、自分のものにしようかと思っていた」

「ぶっ！」

（それこそ嘘だ！）

訝（いぶか）しげに玲志さんを見る。

「疑ってるな？」

「だって、玲志さんがそんなことを考えるなんて信じられない」

「これまで何度も抱かれて、俺の子どもまで宿して、そんなふうに言う？」

「なっ……、だ、だって、それは……私だって望んだから」

自分で言いながら恥ずかしくなってきた。

「俺は大人になった遥日を前にしては我慢するのも結構大変だったんだ。あれまでも何度も煽られるし、やっと父に認められたしで、ちょっと暴走しかけてた。あぁ、やっとだって」

「前に言ってた病院長と私の父に認めてもらうまでは、ってやつですか？」

「あぁ。父もそうだったけど、日高さんなんて、『うちの遥日を狙うならとりあえず克己が跡取りとして認めるくらいになってくれないと』って言ってたしさ」

私の父はなにをそんな未来の、誰も予想できないようなことを勝手に言っていたのだろう。

ただ、繰り返し夢に見る父の様子を思い出すと、言った内容は嘘ではなさそうだ。

「そんなの父も適当に言ってただけだろうし、気にしなくてもよかったのに」

「気にするに決まってるよ。俺は日高さんに認められたかったし、父にもちゃんと認められたかったんだ。で、やっと認められて、やっと話が進められるって思っていた。

それであのホテルをリザーブしたわけだ」

「ホ、ホテルをリザーブ……？」

「あんなホテルで、週末、突然部屋なんてあいてるわけないって気づかなかった？」

言われて、あの日のことを思い出す。フロントで私は名前を告げて……。

『お名前をお伺いしてもよろしいでしょうか？』『私、芦沢遥日といいまして……いや、あの、ちがって、あいてたらって』『芦沢遥日さま、部屋にはすぐ入っていただけます』

思い返してみれば、あの会話、ちょっとだけ違和感があったような……。

「嘘ですよね!?」

「だから本当だって。それで部屋に入ってみたら、遥日はすっかり俺を諦める気になってた」

「え……」

「『先生は志野さんみたいな素敵な女性と結婚してくださいね。病院にとってそれが一番いいですし。私――ちゃんと諦めましたから』って言っちゃって」

「………」

玲志さんは悲しそうに眉を下げる。

「俺の気持ちが分かる？　もう告白どころじゃないよ。二年片思いして、誘われても
ひたすら我慢してさ。それでもずっと好意自体は持ってもらってるって思ってた。そうじゃなければ誘われもしないだろ？　でもその子は俺なんかより病院が一番大事だった。この子は病院のためなら、俺のことなんてすぐ諦められちゃうんだって思ったんだ。あれは、結構傷ついた」

「そんなこと――」

「ない？　本当に俺のことを諦めてなかった？」

う、と言葉に詰まる。

考えてみれば、あのときはきっぱり諦めようとしていた。

玲志さんは手の届かない人だったし、次期病院長になるなら相手はもっとしっかりした人でないといけないと思ってたけど……。

「っていうかなんで私の発言まで知ってるんですか！」

「だって、あの部屋に行ったとき、俺は起きていたから。酔ってなかったんだ」

（起きてて酔ってなかった……？）

あのとき、玲志さんが酔ってて帰れなさそうだったから、あの部屋に泊まることになった。

それであんなことになったはずだ。

「よ、酔ってなかったってどういうことですか⁉」

「少しは酔ってたけど、そこまでではないって感じかな」

「だから旅行のとき、お酒を呑んでも酔ってなかったんですか！」

「そういえばそんなこともあったか。よく気づかなかったな」

「ちょっとおかしいなとは思いましたけど！　でもそんな嘘をついてるなんて思いもしなかったから！　今も信じられないです！」

（なにしてるの⁉　玲志さん！）

いつだって大人で真面目な玲志さんからは考えられない行動だ。

え、でもちょっと待って。

ホテルの部屋も取ってて、酔ってもなくて？　私の言葉まできれいに覚えてる。

それってつまり――。

「ち、ちなみにどこから覚えてるんですか！　なにを見て聞いたんですか！」

「そりゃ、全部だ」

「全部って」

「遥日が自分で脱いだところとか」

「脱いだところまで見てたんですか⁉」

(今更だけど、恥ずかしすぎる！)

今はもう全部見られてるんだけど、いまだに明るいところで下着姿になるのも抵抗がある。

あの部屋がどれくらいの明るさだったか必死に思い出していた。たぶん問題なく見えちゃうくらいには明るかった。

(そこで私、恥ずかしげもなく脱いだの？　信じられない！)

なのに玲志さんは、顔が青くなってるであろう私の髪を撫で、

「なんとか手を出さずに耐えた自分をいまだに褒めてやりたいと思っているよ」

なんてことをしみじみ言うのだった。

(余計恥ずかしいんですけど！)

ホテルの部屋もとってて、酔ってたのも嘘。脱いだのも見られてた……。

あまりにも想定外の話の連続に、理解が追いつかない。

「じゃ、じゃあ、あの夜なにもないって……。さ、最初から知っててプロポーズしたんですか？　ど、どういうことですか……？」

玲志さんは、混乱しっぱなしの私の髪を優しく撫でた。

「『ちゃんと諦めましたから』って遥日の言葉がなかったらアプローチの方向は当初の予定から変わってなかった。素直に自分の気持ちを伝えて、遥日をちょっと無理やりでも籠絡するっていうね。だけど遥日の気持ちがよく分かったから、アプローチの方向を変えた」

「方向を変えた、って？」

私が聞くと困ったように玲志さんは微笑んだ。

「あの夜、遥日が脱いで、朝まで俺と一緒に過ごしてれば、遥日が勘違いしてくれるって期待したんだ」

「勘違い……」

「遥日には、本当に最後までしたと勘違いしてもらう予定だった。そうすれば、妊娠の可能性を考えて俺のプロポーズは断れないからね」

「………………」

あっさり悪びれもせず、玲志さんは言う。

（玲志さんまで、私を騙すつもりだったの!?）

自分だって騙していたくせに、自分より先に騙すことを決めた玲志さんに愕然(がくぜん)としてしまう。

（玲志さんは私が彼としちゃったと勘違いすることに期待した……。その方向に話をもっていこうとしてたんだ）

でも――。

「シタかシテナイかくらいはさすがに分かりますよ！」

「ハハ、すまない。遥日ならもしかしてと思ってな。遥日は迷っていたけど頷いてくれた。うまく騙せているんだと思ってた」

飄々と玲志さんは言う。

あのとき、『もしも妊娠していた場合を考えても早いに越したことはない』とか真剣に言ってたのは私を騙そうとしたためだったのだ。

「だから、妊娠してたらって話ばかりしてたんですか！」

「遥日は妊娠を意識して身体の関係になるのを拒んでいたから余計に騙されたままでいると感じていた。ただ、『もしかしてあの夜のことを思い出したのか？』と思うこともあったから、探りも込めて妊娠の話は時々していた」

「探りって……あんな幸せそうに言うから、私罪悪感がすごかったのに！」

「できてないって分かっていても、もしできたら嬉しいという気持ちがあふれ出てしまっていたんだろう」

「……なにそれ」

怒ってみても勝手に口角が上がる。

いや、許しちゃダメ。彼は反省した様子は少しも見せていない。

私を騙していたことに全然罪悪感がなかったようにまで見える。

「わ、私はずっと悩んでたんですよ!? あんなふうに言われて、玲志さん、本当にしちゃったって勘違いし続けてるみたいに見えたし！ 玲志さんはあのときの責任取るためだけに私にプロポーズしたって思ってたし！」

「ハハ、そうみたいだな。一緒に暮らして、あとでしっかり分かってもらおうとしたんだ。ただ、あそこまでかたくなに愛されてないって信じるとは想定外だった」

「どう考えても、全部私の方が想定外なんですけど……」

泣きそう。いや、泣いてる。

私が責められる立場でないのが分かってるから余計。

「玲志さん、旅行で私があの夜の話をしたとき、どんな気持ちで聞いてたんですか」

「遥日も俺と一緒にいるために嘘をついてたんだと思ったら嬉しくて」

「嬉しいって……」

「だから嘘をついてたって謝る遥日に言っただろ？『俺にも、その気持ちは分かるよ。遥日といるためなら、俺だってなんだってするんだから』って」

「あ、あれ……そういう意味だったんですか！」

玲志さんは当たり前のように頷く。

（私、あの言葉の優しさに感動してたのに！）

玲志さんは本当に私の嘘を聞いても、心から嬉しかっただけなんだ。

考えてみれば、あのときの玲志さん、すごく嬉しそうにしてた……。

「な、なんだってって……なんだってしすぎでしょ！」

「遥日、本気で怒ってる？」

「当たり前でしょう！」

「ハハハ、なんか日高さんに怒ってた昔の遥日みたいだ。懐かしいな」

つまり、私は玲志さんが私を抱いてしまったと勘違いしたからプロポーズしてくれたと思ってて。

「笑い事じゃないですよ！」

玲志さんは、私があの夜最後までしたと勘違いしたからプロポーズを受けたと思ってた。

そしてお互いそれを隠し、相手を騙しながら生活してた。

（もちろん自分も騙してるつもりだったからお互いさまだけど！　なんだかすっごく腑に落ちない！）

怒ってる私を見て、玲志さんはさらに目を細める。

「君を騙してでもそばにいて、俺を分かってもらうことが先決だと思ったんだ。好きになってもらうのはそれからでもいいって。ゆっくりでもそっちの方が長く一緒にいるために確実なルートだって思ってさ」

不思議なのは、私は罪悪感で押しつぶされそうだったのに、彼は全然悪びれていないこと。

それを見ていると、やっぱりこの人には嘘をついちゃいけなかったんじゃないかって思いが確信に変わる。前に嘘を告白したときも思ったけど――。

「もう最初から嘘なんてつくんじゃなかった！」

「ハハハ！」

玲志さんは笑いだす。おかしそうにお腹まで抱えて。

（こっちは本気でそう思ってるのに）

ムッとして見ても、玲志さんはまだどこか嬉しそうに笑っていた。

（そんなに笑わなくても……）

笑いすぎて目じりにたまった涙をぬぐって玲志さんは口を開く。

「そう思ってくれたならよかった」

「もう嘘はつきません。私が嘘なんてつかなかったら、あんな苦しい思いを長くしなくてよかったですし。玲志さんに嘘はつかない方がいいってよーく分かりましたからっ」

「ふふ、そうかもね」

「それに同じ騙すって言っても私と玲志さんじゃ全然違いますからね！　玲志さん、どう見ても騙し慣れてますし、反省もしてないですし！　私とはレベルが違いすぎますよっ。腹黒いです！　以前、病院長がそう言ってたわけがやっと分かりました！」

半ばやけに言った私を見て、玲志さんは目を細める。

「医師としてはある程度はうまく嘘をつける力も必要かなと思ってるだけだよ」

「これ、ある程度じゃないですけどね!?」

「そう？」

「そういうとこですよ！」

全くもう、と怒った私の頬に玲志さんが触れる。ふわっと微笑まれると、やっぱり大好きな人とあってどうしても絆されてしまう。

（でも今日は絆されないからっ！）

意気込んだ私に彼は口を開く。

「遥日は俺が嘘をついていたって知って嫌いになった？」

突然問われて条件反射みたいに私は首を横に振っていた。

全部すごく驚いているのに、全然嫌いになんてなっていない。玲志さんを騙しているようで、全く騙せてなかったという驚きは今でも大きいけど。

「き、嫌いになんてなるわけないですよ」

「そうか。よかった」

嬉しそうに玲志さんは微笑む。解せないけど、そんな部分を含めて大好きなんだから仕方ない。

私は大きく息を吐いて玲志さんを見つめた。

「騙されてたって聞いても、やっぱり玲志さんが好きです。それが私と一緒にいるためだったって理由を聞いたら、もっと好きになってしまいましたよ！」

もう嘘はつきたくないから、はっきり言っていた。

言葉にして伝えたい。ちゃんと分かってほしい。自分の本当の気持ちが一ミリでも間違って伝わらないでほしい。

「私、玲志さんが一番好きです。なによりも、一番、大好きです。すっっっごく悔しいですけど！」

私が言うなり、ぎゅう、と強く抱きしめられる。

「遥日」

「わっ」

「それ、めちゃくちゃ嬉しい。実はこれまで、聞くのもちょっと怖かったんだ。今の遥日にまた病院だと言われたら、俺はもう起き上がれないと思ってね」

「……なんの話ですか？」

「遥日は昔、一番は俺でなく病院だとはっきり言っていたから」

予想外の言葉に私は首をかしげる。

なにその話。話したことすら覚えてないんだけど。

「え……私、そんなこと言いました？」

「言った。それはもうはっきりと。俺はずっと覚えてた」

私は覚えてはなかったけど嘘ではなさそうだ。

ふいに、さっき、自分の嘘を告白した途中、玲志さんの眉を下げた顔を思い出す。

――この子は病院のためなら、俺のことなんてすぐ諦められちゃうんだって思ったんだ。あれ、結構傷ついた。

彼はいつも飄々としてると思ったけど、案外それが一番の不安だったのかもしれない。だから嘘をついたのかな。

(それならなんか、ちょっとだけ可愛い……かも?)

思わずふふ、と笑ってしまう。

そんな私を見て玲志さんは子どもみたいに眉を寄せた。

私は彼に信じてもらえるように、ゆっくり全部、自分の気持ちを話そうと思った。

「私はずっと玲志さんやご両親のいた病院が居場所でしたから、病院がなにより大事ではありました。病院に戻ってきたくて就職もしました。資格の勉強も就職試験の勉強も難しかったけど、また黒瀬総合病院にいられると思ったらそんなの全然問題なかった。むしろ嬉しかったくらいで」

ずっとただ病院に戻りたくて必死だったのだ。

「でも病院でまた玲志さんに出会って、また好きになりました。でもその〝好き〟は諦められる〝好き〟でした。玲志さんもさっき言ってましたが、あの夜、私は玲志さんを諦めようとしました。私はあの頃まだ、自分の気持ちよりも病院を優先できたんだと思います」

そうだよ、とふてくされたように彼は言う。

それを見てつい笑ってしまった。

「でも私ね、玲志さんの嘘にも気づかずに、自分が騙してると思って結婚して、それからずっと一緒にいて……玲志さんのこと、もう離れられないほど好きになってました」

「遥日……」

「私、今はあのときと同じように思いません。自分から離れようとも思わない。玲志さんといるためなら、私は自分が引くんじゃなくて、自分がやれることはなんでもやって玲志さんのそばにいる方法をなんとしてでも探します」

ゆっくり顔を上げた玲志さんと視線が絡んだ。

「信じてください。私は玲志さんが一番好き。これからもずっとあなただけを愛してます」

思わず言葉があふれていた。彼は破顔する。

「それなら、これからはもっとワガママもちゃんと言ってくれ。遥日は案外我慢強いからな。できない場合もあるかもしれないけど、それでも遥日の思うことを叶えてあげたいとはいつだって思ってるから」

たくさん与えられすぎて、もうお腹いっぱいなくらいなんだけど。

そう思って彼を見たら、「そういう遠慮するところが不安になるんだよね」と言われた。

「だって別になにも……あ」

「なに？」

玲志さんが嬉しそうに顔を綻ばせる。

言っていいんだよね？　っていうか言ってほしそう。

彼の期待を込めたまなざしを見て、思わず笑ってしまう。

「玲志さんにはもっとちゃんと休んでほしいです。心配だから」

「俺のこと？」

「だってそれが一番気になるんだもん」

「分かった。もっときちんと休めるように努力する。他には？」

「子どもが生まれたら一緒にたくさんお出かけがしたいです」

「しよう。旅行も行こう」

「あの旅館で卓球して」

「部屋の露天風呂入って？」

「はい。あとお墓参りして……」

「あぁ、それは欠かせないな」

彼は力強く頷いてくれた。そしてもう一つ。

「玲志さんの実家にももっと一緒に遊びに行きたいです」

「まぁ、そこはほどほどに」

「なんでですか」

「だって、父さん、遥日遥日ってうるさいから」

「お父さまにまで嫉妬ですか」

「その通りだよ。分かってるだろ。俺は嫉妬深いんだ。なにせ、父にも、藤堂さんにも、それに病院にまで嫉妬し続けてた」

そう言って、困ったように玲志さんは微笑む。

「他にはない？」

「じゃ、じゃあ、キスしてほし……んっ」

言い終わるより前に唇が重なる。唇を離すと彼は優しく微笑んだ。

「他は？」

「もっと」

何度も何度もキスを交わす。そのうち、彼の頭に腕を回して、キスを続ける。

やっと唇が離れたとき、お互い微笑んでいた。

ここが私の居場所で、この人が私の一番大事な人。

「俺は父さんたちが言うように真面目で面白くない人間だから、誰かに恋愛感情もそうそう湧かなかったんだ。でも、遥日だけは違った。きっかけは嘘だったけど、『俺は絶対に遥日以外を愛することはないから』って言葉は本心だからな」

真剣な顔で玲志さんが言う。

「これからも遥日だけをずっと愛すると誓うよ」

それはまるで誓いの言葉。だから私も――。

「私もあなただけを一生愛してます」

言ってすぐ、当たり前みたいに唇が重なった。

エピローグ

　ほどなくして私はある決断をした。まさか自分がこんな決断をするだなんて、前は夢にも思わなかったんだけど。

　受付のスタッフに挨拶を終えた私に、藤堂さんたちが早足でやってくる。

「遥日ちゃん、本当に残念よぉ」

「すみません。続けたい気持ちもあったんですけど決めました」

　玲志さんは私の意志を尊重してくれた。私は黒瀬総合病院を辞めることを決めたのだ。

「私、居場所が欲しくて、大人になってここに戻ってきてしまいました。でも、今はみんなにもいつでも会えるし、玲志さんも、この子もいるから」

　そう言ってお腹を撫でる。この決断ができたのは自分の居場所が彼と一緒にいる家だと心から思えたことも大きいと感じていた。

　それに妊娠が発覚して以降、玲志さんだけでなく、克己先生も志野さんも私以上に嬉しそうで、私はそんな二人の笑顔を見るのが大好きになっていた。前よりずっと距離が近づいて、本物の親子になっている気がしていた。

　鳴本さんが息を吐く。

「結局最後までノロケかぁ」

「すみません、ノロケて」

「遥日らしい。絶対遊びに来てよね！　玲志先生の蕩け顔ももう病院の名物になってるんだから！」

「アハハ、はい。また来ます。妊婦健診でも来ますし、ぜひうちにも遊びに来てください。本当に、色々ありがとうございました」

　深く頭を下げる。誰かの鼻をすする音に、勝手に涙がこぼれた。昔からここを去るときは悲しくて号泣するんだろうと思ってたけど、不思議と悲しい涙じゃなかった。

　ちょうど、脳外科のフロアを出ようとしたところで大好きな人の声が聞こえた。

「遥日」

　振り向くと玲志さんがいる。スーツ姿だったので驚いた。

「どうしたんですか？」

「今日は早めに切り上げた。もうすっかりみんなに任せられるし。最後は遥日と帰りたいんだ」

「まだ健診で来ますよ？」

そうなんだけど、と玲志さんは微笑む。

これまでも私を見るときの目は甘かったけど、ここ最近の玲志さんは私とお腹の子を見るとき、目じりが落ちそうなくらい下がっている。それは誰が見ても一目で分かるほど。しかもまた彼はそれを隠そうともしていない。

（生まれたら一体どうなっちゃうんだろう）

考えて笑ってしまった。ふいに引き寄せられキスが額に落ちる。

私は彼を見上げて笑った。

「ちゃんとキスしたいからここじゃなくて家でお願いします」

「分かってる」

素直に言った私を見て彼はクスリと笑う。

たぶんこれからも彼に嘘はつき通せないんだろう。もう嘘をつく気もないけど……。

そう思ったとき——。

父の声が聞こえた気がした。

後ろを振り返ると父がいたときから変わらない廊下。毎日いた私の居場所。

「遥日？」

「いえ、今、父の声が聞こえた気がして。『そのつもりだったよ』って」

「それは……本当に日高さんかもね」

「どうしてそう思うんですか」

「前に日高さんに質問してたことがあってね。本当にすごい人だよ、遥日の父親は」

玲志さんは嬉しそうに目を細め、それから私の手を握る。

「今日、帰ったらその話もするよ。だから帰ろう。俺たちの家に」

「はい。帰りましょう」

私は大好きな人の温かい手を、強く握り返した。

＊＊＊

日高さんが亡くなる少し前、俺は日高さんの病室にいた。夜だったので、遥日はいなかった。

「そういえば遥日って、日高さんには嘘をつきませんよね。俺にはすぐ分かるような嘘をつくのに」

俺はその日も遥日に分かりやすい嘘をつかれていた。

言うなり、日高さんは目を細める。

「遥日の場合は、嫌われたくないから嘘をつくんだ。不安なんだよ。相手を信頼して、一番好きな人だと思えたら、そういう嘘もなくなると思うな」

「一番、ですか」

「そう。たぶん玲志はまだ嘘をつかれるだろうね」

「でしょうね、病院に負けてますから」

「ぶっ！」

「あ、また笑いましたね」

日高さんは思い出したようにゲラゲラ笑っていた。

ひとしきり笑った日高さんはニッと白い歯を見せる。

「だからね玲志、遥日が選んだ相手が本当に遥日が嘘をつかないでいられる相手か見極めてよ。そうじゃなかったらだめだからね。絶対だよ」

「そんなのどうして俺に――」

「僕はワガママだから、大事なものは信頼できる人間にしか託す気はないんだよ。玲志、僕の最後のお願い聞いてくれないかなぁ？」

俺が頷くと、日高さんは嬉しそうに微笑んだ。

——もしかして最初から俺に遥日を託すつもりでいました？
遥日とお墓参りに行ったとき、俺はまさかと思いながらも、何度も何度も日高さんに聞いていた。

（完）

あとがき

はじめまして、または、お久しぶりです！　泉野あおいと申します。この度、二冊目の書籍をマーマレード文庫様より出せる運びとなりました。このような機会をいただき、本当にありがとうございます。


今回もあとがきでは、二人のその後や子どもたちについて綴っていこうと思います。

遥日は、一人目に男の子、その二年後にまた男の子を出産します。

育児に奮闘する遥日と玲志ですが、しっかり祖父母バカとなった玲志の両親にもかわいがってもらえ、子どもたちはすくすく育っていきます。

そして、次男から五年離れて女の子が生まれると、遥日以外全員が『子どもの頃の遥日にそっくり！』と目を輝かせ、甘々すぎる玲志、兄バカのお兄ちゃんズ、そして玲志の両親に甘やかされ、箱入りで少し気の強い女の子が育ちます。

藤堂さんや鳴本さんも子どもたちにデレデレ。ちなみに鳴本さんは政治家と結婚、藤堂さんはお孫さんたちにも囲まれていて幸せそうです。

もちろん黒瀬家の家族旅行は毎年欠かさず行き、遥日の両親のお墓参りにも全員で行きます。玲志がお墓に語りかける時間が長いのも相変わらず。

その真似をして、みんながそれぞれ近況を語りかけすぎて、「『聖徳太子じゃないんだから順番に！』と両親に言われた夢を見た」と、ある朝、遥日が笑います。

そして、克己病院長は早めに病院長の座から退き、玲志が満場一致で病院長になります。その後、大きくなった長男と次男が研修医としてやってきて、気づけば長女まで研修医として黒瀬総合病院に入ってきます。

遥日は騒がしくも明るい家族に囲まれて過ごし、スタッフの子どものための保育所や学童の充実に尽力します。おかげでスタッフの家族も安心して預けて働ける病院だと評判になり、医師や看護師の応募数が地域で一番になったとか。

今後も遥日の大好きな黒瀬総合病院は安泰のようですね。

最後になりましたが、この本の出版に携わっていただいたすべての方に御礼申し上げます。そして、この本を手に取ってくださったあなたに心からの感謝を！

またお会いできる日を、心より楽しみにしております。

泉野あおい

m a r m a l a d e b u n k o

離婚予定の旦那様が激甘豹変!?
両片想いの夫婦恋愛

ISBN978-4-596-31967-8

きまじめ旦那様の隠しきれない情欲溺愛
～偽装結婚から甘い恋を始めます～

西條六花

ワケありで偽装結婚した夫・匠を一途に想う栞は、愛し合う本当の夫婦になりたいと考え、彼への告白を決意。その矢先、匠から「離婚しよう」と宣言されて!?　離婚回避のために策を練る栞だが、大人の対応でかわされて手ごたえなし。一方、匠は栞を愛しているからこそ手放そうと考えていた。しかし、ある行き違いをきっかけに、二人の関係は甘く変化して…。

甘くてほろ苦い。キュンとする恋♥　マーマレード文庫　定価 本体600円 + 税

ファンレターの宛先

マーマレード文庫をお買い上げいただきありがとうございます。
この作品を読んでのご意見・ご感想をお聞かせください。

〒100-0004　東京都千代田区大手町 1-5-1
大手町ファーストスクエア イーストタワー 19 階
株式会社ハーパーコリンズ・ジャパン　マーマレード文庫編集部
泉野あおい先生

マーマレード文庫特製壁紙プレゼント!

読者アンケートにお答えいただいた方全員に、表紙イラストの
特製 PC 用・スマートフォン用壁紙をプレゼントします。

詳細はマーマレード文庫サイトをご覧ください!!

公式サイト

@marmaladebunko

原・稿・大・募・集

マーマレード文庫では
大人の女性のための恋愛小説を募集しております。

優秀な作品は当社より文庫として刊行いたします。
また、将来性のある方には編集者が担当につき、個別に指導いたします。

男女の恋愛が描かれたオリジナルロマンス小説(二次創作は不可)。
商業未発表であれば、同人誌・Web 上で発表済みの作品でも
応募可能です。

年齢性別プロアマ問いません。

・パソコンもしくはワープロ機器を使用した原稿に限ります。
・原稿はA4判の用紙を横にして、縦書きで40字×32行で130枚〜150枚。
・用紙の1枚目に以下の項目を記入してください。
①作品名（ふりがな）／②作家名（ふりがな）／③本名（ふりがな）
④年齢職業／⑤連絡先（郵便番号・住所・電話番号）／⑥メールアドレス／⑦略歴（他紙応募歴等）／⑧サイトURL（なければ省略）
・用紙の2枚目に800字程度のあらすじを付けてください。
・プリントアウトした作品原稿には必ず通し番号を入れ、
右上をクリップなどで綴じてください。
・商業誌経験のある方は見本誌をお送りいただけるとわかりやすいです。

・お送りいただいた原稿は返却いたしません。あらかじめご了承ください。
・応募方法は必ず印刷されたものをお送りください。
CD-Rなどのデータのみの応募はお断りいたします。
・採用された方のみ担当者よりご連絡いたします。選考経過・審査結果についてのお問い合わせには応じられませんのでご了承ください。

m a r m a l a d e b u n k o

〒100-0004　東京都千代田区大手町1-5-1　大手町ファーストスクエア　イーストタワー19階
株式会社ハーパーコリンズ・ジャパン「マーマレード文庫作品募集」係

ご質問はこちらまで　E-Mail / marmalade_label@harpercollins.co.jp

マーマレード文庫

嘘つき婚なのに、初恋のきまじめ脳外科医に猛愛で囲われました
～妊娠疑惑の初夜で、腹黒策士は恋情を解き放つ～

2024年9月15日　第1刷発行　定価はカバーに表示してあります

著者　泉野あおい　©AOI IZUMINO 2024
発行人　鈴木幸辰
発行所　株式会社ハーパーコリンズ・ジャパン
東京都千代田区大手町1-5-1
電話　04-2951-2000（注文）
0570-008091（読者サービス係）
印刷・製本　中央精版印刷株式会社

ISBN-978-4-596-71336-0 C0193